Brown Chamberlin

Rapport du sous-comité de la Chambre des arts et manufactures du Bas-Canada

Anatiposi

Brown Chamberlin

Rapport du sous-comité de la Chambre des arts et manufactures du Bas-Canada

Réimpression inchangée de l'édition originale de 1859.

1ère édition 2023 | ISBN: 978-3-38273-318-6

Anatiposi Verlag est une marque de Outlook Verlagsgesellschaft mbH.

Verlag (Éditeur): Outlook Verlag GmbH, Zeilweg 44, 60439 Frankfurt, Deutschland
Vertretungsberechtigt (Représentant autorisé): E. Roepke, Zeilweg 44, 60439 Frankfurt, Deutschland
Druck (Imprimerie): Books on Demand GmbH, In de Tarpen 42, 22848 Norderstedt, Deutschland

CHAMBRE DES ARTS ET MANUFACTURES DU BAS-CANADA, COMPTE COURANT AVEC LE TRESORIER.

Dt.   **Ct.**

Payé au secrétaire, comme allocation, pour assistance, &c.	$181 00	
" Dépenses minimes, frais de poste, &c.	21 04½	
" Ameublement des salles, etc.,	107 00	
" Loyer des salles de la chambre, salle de lecture, etc.,	146 00	
" Modèle de navire et caisse	100 00	
" Dépenses du secrétaire en Europe	244 45	
" Impressions, traductions, papéteries	195 00	
" Annonces	190 00	
" Allocations aux classes	200 00	
" Dépenses des lectures	58 45	
" Balance en caisse	1715 32	
	$3160 00	

Montant de l'octroi parlementaire, 1857	$1000, 00	
" Id id id 1858	2000, 00	
Percentage d'octroi à l'institut de Montréal pour 1856	20 00	
Percentage d'octroi à 7 instituts affiliés savoir : Montréal, Chambly, Sorel, St. Hyacinthe, St. Césaire, Iberville et Lachute, pour 1857, à $20, chaque	140 00	
	$3160 00	
Balance en caisse	1715 32	

RAPPORT DU SOUS–COMITÉ

DE LA

Chambre des Arts et Manufactures

DU BAS–CANADA,

PRÉSENTÉ À L'ASSEMBLÉE DE LA CHAMBRE, TENUE LE 4e
JOUR DE JANVIER, 1859,

AVEC LES

MINUTES DES PROCÉDÉS DE LA CHAMBRE A CETTE ASSEMBLÉE;

ET

LE RAPPORT SUR LES INSTITUTIONS DE LONDRES, DUBLIN,
EDIMBURG ET PARIS, POUR LE DÉVELOPPEMENT DE
L'INSTRUCTION INDUSTRIELLE,

PAR B. CHAMBERLIN, B. C. L.,

Secrétaire de la Chambre.

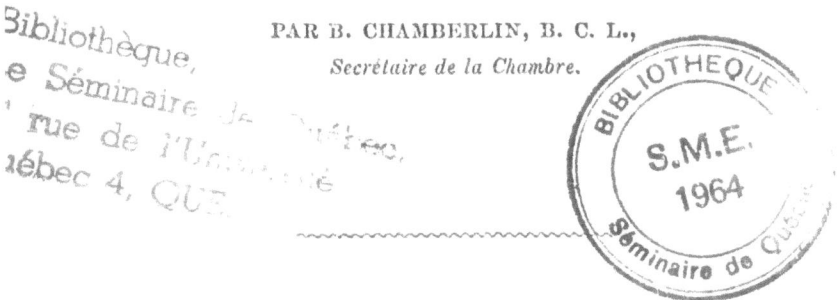

MONTRÉAL :
DE L'IMPRIMERIE DU " CANADA DIRECTORY," RUE ST. NICOLAS.

1859.

ASSEMBLEE ANNUELLE

DE LA

Chambre des Arts et Manufactures

POUR LE BAS-CANADA.

CHAMBRE DES ARTS ET MANUFACTURES.
SALLE DE L'INSTITUT DES ARTISANS,
Montréal, 4 Janvier, 1859.

La chambre s'assemble ce jour à 2 heures P. M:—Présents :—
M. David Brown, Président, au fauteuil ;

L'Hon. P. J. O. Chauveau, Vice-Président ; le Professeur Dawson ; le Professeur Smallwood ; Messieurs Redpath, Weaver, Garth, Bulmer, Rodden, Perry, Milln, Stevenson, Bernard, Munro, Bartley, Ramsay, Murray, H. Lyman, W. Parkyn, Murphy, N. B. Corse, Trésorier ; B. Chamberlin, Secrétaire.

Les minutes des procédés de l'Assemblée précédente ayant été lus, et confirmés, le Secrétaire fait alors lecture du Rapport Trimestriel du Sous-Comité, lequel, étant soumis à la Chambre, accompagné d'un Rapport de la main du Secrétaire, sur les Institutions visitées par lui dans les Isles Britanniques et à Paris, et dont il donne un résumé verbal,—

Il est, sur motion du Professeur Smallwood, secondé par M. H. Lyman, résolu :—" Que les rapports soient adoptés, et imprimés sous la surintendance du Sous-Comité."

M. Milln désire savoir quelle démarche la Chambre doit faire, par rapport à l'Exposition Provinciale prochaine.

Le Président dit en réponse, que la Chambre, n'a pas été capable de prendre la direction du département industriel de l'Exposition, l'année passée, parce que le gouvernement n'avait pas mis à sa disposition des fonds suffisants. L'action que la Chambre doit prendre dans l'Exposition, cette année, dépendra du montant des fonds à sa disposition.

Le Secrétaire annonce, en outre, que, pour les besoins urgens de la Chambre, l'année financière doit compter du 1er Juillet au 1er Juillet, et que la somme de $2,000 allouée l'année passée à la Chambre, doit être déboursée pour les dépenses courantes jusqu'à Juillet prochain. L'argent, qui doit être employé pour l'Exposition annuelle, doit dépendre de l'allocation faite, durant le printemps prochain.

M. Milln alors prend la parole et dit que les Expositions Annuelles forment un des objets les plus importants pour le progrès desquelles la Chambre a été établi, et fait motion, secondé par M. Garth :—" Que le **Sous-Comité** à être élu ait instruction de représenter au Gouvernement, la nécessité de faire une allocation libérale, afin de mettre la Chambre en état de rendre l'assistance, propre à obtenir à l'Exposition Provinciale Annuelle, une représentation des produits des Arts et Manufactures de la Province." Cette motion étant mise aux voix est emportée.

M. le Professeur Dawson, secondé par M. H. Lyman, fait motion, et il est résolu :—" Que le soin de procurer un Sceau, soit confié au Sous-Comité, avec instruction d'en obtenir un aussitôt que possible."

M. Bulmer fait motion, secondé par M. le Dr. Bernard et il est résolu : "Que le Sous-Comité ait instruction, qu'en cas qu'il soit décidé de tenir une autre Grande Exposition à Londres, en 1861 (ce qu'on se propose de faire), il doit faire une représentation au Gouvernement et à la Législature, exposant la nécessité de faire immédiatement des démarches, pour que le Canada y soit convenablement représenté."

Le Trésorier soumet ses comptes pour l'année passée, montrant une balance au-dessus de $1,700 au crédit de la Chambre, et explique qu'il a en main des comptes à payer qui doivent réduire cette balance à la somme de $1,500.

MM. Bulmer et H. Lyman sont nommés Auditeurs des comptes du Trésorier : ils les examinent, et constatent qu'ils sont exacts.

Le Président de l'Institut des Artisans de Montréal soumet une liste dûment attestée par 401 artisans, membres de cette société et la liste suivante des délégués élus à sa première assemblée en Janvier, tenue dans la soirée du 3 dernier, savoir : MM. David Brown, H. Munro, E. Murphy, W. Spier, J. Redpath, A. A. Stevenson, C. Garth, W. Rodden, N. B. Corse, A. Murray, W. M. Milln, H. Bulmer, A. Perry, B. Chamberlin, A. Ramsay, W. Parkyn, H. Lyman, A. Cantin, W. P. Bartley et A. Bernard. La chambre alors procède au scrutin pour les officiers et membres du Sous-Comité pour l'année 1859. MM. Stevenson et Murray sont appelés à dépouiller le scrutin. La votation pour le Président ayant lieu, vingt voix sont données. M. David Brown en reçoit treize, et il est déclaré dûment élu.

Les voix pour le Vice-Président étant prises, vingt sont données, sur lequel nombre l'Hon. P. J. O. Chauveau, L L D en reçoit dix-sept et il est déclaré dûment élu.

Les voix étant alors prises, pour le Secrétaire, vingt-et-une sont données, dont dix-neuf en faveur de M. Brown Chamberlin B. C. L. qui est déclaré dûment élu.

Les voix sont de même prises pour le Trésorier, vingt-et-un votes sont dépouillés, desquels seize sont en faveur de M. N. B. Corse, et il est déclaré dûment élu.

Les voix pour neuf membres du Sous-Comité sont prises : vingt-deux voix sont données, dont dix-sept en faveur de M. le Professeur Dawson, quinze en faveur de MM. Weaver, Chamberlin et Corse, et treize en faveur de MM. Bartley, Perry, Milln, Murray et Rodden—lesquels neuf messieurs sont déclarés dûment élus.

M. Milln attire l'attention de la Chambre, sur les Lois de Patentes, et la nécessité qu'il y a que le Sous-Comité veille à tout amendement proposé en faveur des inventeurs étrangers, au détriment des Manufacturiers Canadiens.

M. Perry maintient, qu'on devrait laisser jouir les étrangers des mêmes avantages que nous possédons à cet égard. Le Canada est le seul pays où un étranger ne pourrait prendre des Lettres-Patentes. On devrait prêter attention à cela.

M. Rodden est, pour le présent, opposé à accorder aux Citoyens
des Etats-Unis, aucuns des priviléges que possèdent les inventeurs
canadiens ; il ne serait disposé à leur céder de tels privilèges que
quand ils nous donneraient récipro ité en manufactures aussi bien
qu'en inventions. Il espère que les officiers de la Chambre, prête-
ront leur attention aux procédés de la Législature par rapport aux
Lois de Patentes.

M. Milln demande aussi si des arrangements ont été faits
avec le gouvernement pour obtenir des duplicatas des modèles
d'inventions patentées.

Le Secrétaire répond qu'on a eu une correspondance à ce sujet
avec le gouvernement ; mais que le Sous-Comité n'a pu obtenir
la promesse que tels duplicatas seront fournis à la Chambre.

M. Perry est d'opinion que le moyen à prendre est de faire
venir de France des faiseurs de modèles, des hommes qui, durant toute leur vie, se sont exercés à cette sorte d'ouvrage. Leurs
services peuvent être obtenus à prix modique pour un certain
temps, pour faire les modèles qui seront requis par la Chambre.

Une conversation s'ensuit alors sur les vices qui se trouvent
dans les Lois de Patentes, des procès étant en litige pour juger
de la validité de certaines patentes qui ont été accordées avec
une trop grande facilité et sans examen suffisant par les officiers
du gouvernement.

Après autre conversation sur ce sujet,—

M. H. Lyman fait motion seconcé par M. J. Redpath et il
est résolu, "Que les remercîments de cette Chambre sont dus,
et sont par les présentes offerts à Brown Chamberlin, écuyer, B. C.
L., Secrétaire, pour les services importants, rendus par lui, en procurant des informations, et des ouvrages de mérite, et avançant
autrement durant son dernier voyage dans la Grande-Bretagne et à
Paris, le but de cette Institution, qui est si intimement liée aux
intérêts industriels et matériels de cette Province.

Sur motion de M. Bernard, secondé par M. Stevenson, les
remercîments de la Chambre sont votés au Président, Vice-Président, Trésorier et aux membres du Sous-Comité, pour leurs services, durant l'année passée.

L'assemblée s'ajourne alors.   B. CHAMBERLIN,
                                                    Secrétaire.

RAPPORT DU SOUS-COMITE.

Le sous-comité a l'honneur de faire rapport que ses travaux, durant l'année, ont été bornés à la surveillance du cours de lectures, entrepris sous ses auspices en cette ville, et à des efforts pour établir des classes en rapport avec les diverses institutions affiliées. Parmi ces lectures, faites durant l'hiver dernier, celles de M. le Professeur Miles, sur le sujet très important de la ventilation ont été publiées, et le sous-comité a pris 150 copies au prix de l'éditeur pour la circulation gratuite. M. le professeur Kendall, de Toronto, a déjà fait la première des lectures du cours d'hiver actuel. C'est un mémoire fort intéressant, intitulé : *Relations entre l'expérience et la théorie dans les progrès des découvertes scientifiques.* Cette lecture est aussi sous presse et votre sous-comité a souscrit pour 150 copies qu'il se propose de distribuer. Il reste à décider par le Bureau s'il ne serait pas convenable de traduire ces lectures pour les répandre parmi les membres des Instituts des Artisans composés de personnes parlant principalement le français.

Durant l'absence de M. le Secrétaire, dont le séjour en Europe se prolongea depuis mai jusque vers la fin d'octobre, votre sous-comité ne s'est pas mis à l'œuvre pour commencer un musée ou bibliothèque de consultation. Il n'a pas non plus dressé un plan d'examens pour décerner des prix ou diplômes aux concurrents ; car votre sous-comité désirait posséder les renseignements et l'aide que l'on pouvait se procurer à l'étranger avant de se livrer à de nouvelles dépenses. Le rapport de ses travaux et des opérations des institutions visitées à l'instigation de la Chambre est ici soumis pour son information.

Le cours actuel de lectures sera poursuivi par M. T. S. Hunt, qui fera six leçons sur les matériaux économiques du Canada et leurs usages dans les arts. Votre sous-comité estime que nul sujet n'est plus important que celui-là, aucun plus digne de l'attention de la Chambre, et de ceux auxquels il est destiné à fournir l'instruction.

Le sous-comité a aussi étendu son aide à des institutions affiliées, pour leur procurer, s'il est possible, des lecteurs chargés d'en visiter les membres et de leur faire des lectures. Mais, jusqu'à présent, aucune de ces institutions n'a informé le comité de quelle manière elle désirait recevoir une telle aide. En quelques cas, il y a, sans doute, des lecteurs locaux, dont on pourrait se procurer les services ; dans d'autres il serait désirable qu'ils fussent envoyés de Montréal. Le sous-comité ne peut agir sans information sur ce sujet, et, dans aucun cas il ne pourrait supporter toutes les dépenses de ces lectures.

Votre sous-comité a aussi offert une aide pécuniaire modérée aux instituts affiliés qui établiront, sous leurs auspices et surveillance, des classes où l'on enseignera, outre les branches ordinaires de la lecture, de l'écriture, de l'arithmétique, au moins trois des connaissances suivantes : la tenue des livres, le dessin linéaire, les mathématiques, l'anglais aux élèves français, ou le français aux élèves anglais, les éléments de la chimie et ceux de la philosophie naturelle. Les Instituts de Montréal et

Lachute ont annoncé que la réussite avait suivi l'établissement de pareilles classes.

Sept Instituts ont été affiliés durant l'année. Ce sont : ceux de Montréal, Lachute, Chambly, Sorel, St. Hyacinthe, Iberville et St. Césaire.

Les membres de la chambre se rappelleront qu'à la dernière assemblée trimestrielle, à laquelle des affaires furent transigées un des délégués du dernier institut nommé adressa à la chambre une requête pour la prier de l'aider à établir une m facture. Cette requête fut rejetée pour des raisons convenables alors données. Aujourd'hui, votre sous-comité a le regret d'annoncer qu'en réponse à la circulaire récemment lancée, au sujet des lectures et classes, le secrétaire de cet institut a déclaré l'intention dudit institut de rompre ses rapports avec cette chambre parce qu'il ne pouvait recueillir les avantages qu'il avait espéré retirer.

Une autre association, la salle de lecture de l'Union St. Joseph de Montréal, a demandé en juin dernier au sous-comité à être affiliée, mais l'examen de sa constitution et de ses règlements a fait découvrir que c'était plutôt une association de bienfaisance que littéraire, et pas généralement accessible aux artisans. La demande a, en conséquence, été rejetée par la raison qu'un tel corps n'était pas, à proprement parler, compris dans l'objet de la loi.

Deux autres instituts, ceux de St. Athanase et de St. Félix de Valois, ont promis, l'année dernière, de s'affilier durant l'année courante.

Après la dernière réunion, pour l'expédition des affaires, il fut décidé que l'octroi parlementaire pour l'année 1858-9 serait de $2,000, montant qui a, depuis, été tiré par notre trésorier, sur la caisse provinciale, et placé au crédit de la Chambre à l'une des banques de cette

ville. On trouvera, dans le compte soumis par le trésorier, le détail des sommes dépensées dans les diverses
opérations de la chambre durant l'année passée.

Le rapport du comité spécial nommé pour se pourvoir
de dessins pour un sceau et une médaille de récompense
est ici soumis. Le sous-comité ne trouvant pas satisfaisant le seul dessin fourni jusqu'ici n'a pas pris de
mesures pour le faire graver, et il ne se croit libre de
procéder plus avant sur ce sujet, sans la sanction de la
chambre, qui a pris cette affaire en mains.

Le secrétaire fait rapport qu'il a acheté quelques livres nouveaux et reçu en présent de Sir Roderick Murchison, les publications de la Commission géologique de
la Grande-Bretagne. Il a aussi reçu du secrétaire du
bureau des lettres-patentes anglaises réponse à une demande pour l'octroi des publications de ce bureau, qui se
montent à peu près de 1,000 volumes. Les commissaires n'en sont cependant pas encore venus à une décision
définitive sur la demande ; mais on a raison d'espérer que,
durant le printemps prochain, la chambre possédera ce
magnifique commencement de bibliothèque. En outre,
l'Institut des Artisans de Montréal a offert à la chambre
sa bibliothèque, à raison d'une rente de dix pour cent
par an sur la valeur actuelle des ouvrages. Votre sous-
comité tient encore cette offre en considération. Quand
on se sera procuré ces deux collections de livres, l'aide
d'un conservateur gardien deviendra nécessaire. La
chambre paie à présent une rente annuelle de $200
pour l'appartement qu'elle occupe, y compris le chauf-
fage, l'éclairage et le service. Le secrétaire a, de plus,
reçu, l'année dernière, une somme de $240, pour payer
une aide dans les écritures, &c.; cependant, on se propose
de réduire, s'il est possible, cette somme l'année prochaine. La somme dépensée par votre secrétaire pen-

dant son tour en Europe, pour frais de voyage, &c., au compte de la Chambre (d'après la minute du sous-comité datée du 3 avril dernier, approuvée par la Chambre à sa réunion tenue le 1er mai dernier) a été de £50 sterling.

Si l'extension du local actuellement occupé par la Chambre devient nécessaire, le sous-comité profitera du nouvel espace mis à sa disposition pour commencer un musée industriel. Il est assuré qu'on peut y arriver sans grandes dépenses, en partie au moins. En Angleterre les industriels saisissent avec empressement l'occasion d'exposer dans les musées les échantillons de leurs produits manuels avec les matériaux bruts qui ont servi à la confection de ces produits ; et votre sous-comité ne doute pas que les fabricants de cette ville et de la province ne se montrent bien disposés à prêter une main aussi intelligente que secourable pour fonder un musée de l'industrie canadienne. A cet égard, le sous-comité doit référer les membres à la correspondance déposée sur le bureau et qui annonce que le conseil de ville désire coopérer avec les Chambres d'Agriculture et la nôtre, en procurant un emplacement et y élevant des édifices permanents pour expositions, &c. Ces édifices contiendront sans doute de la place pour le musée et les bureaux de la Chambre. Votre sous-comité a déjà nommé un comité spécial de conférence chargé de se consulter sur ce sujet avec le comité du conseil de ville.

En même temps, votre sous-comité croit qu'il remplit un des plus importants devoirs qui lui sont assignés, en stimulant la diffusion de l'instruction secondaire ou supplémentaire parmi les jeunes gens qui, employés dans les ateliers et manufactures, ont été obligés de cesser d'assister aux écoles, à cause du besoin qu'avaient leurs familles, de leur salaire quotidien pour acheter les choses nécessaires à la vie. Votre sous-comité s'est efforcé d'éviter tout semblant de remplir l'œuvre des écoles primaires auxquelles il a été pourvu par d'autres octrois parlementaires et par le droit de prélever des taxes locales ; mais à la classe placée dans les circonstances ci-dessus mentionnées, l'aide de la Chambre ou de quelque autre institution de ce genre est absolument nécessaire, si nous voulons que nos ouvriers et artisans deviennent des travailleurs intelligents, ce qu'ils doivent être, afin d'assurer leur succès et le nôtre dans la concurrence que nous faisons aux fabricants des autres pays.

Votre sous-comité juge qu'il est encore de son devoir d'attirer votre attention sur les réformes nécessitées dans la loi pour rendre son opération plus efficace, afin que vous puissiez charger ses successeurs d'adresser à ce sujet une pétition au parlement. On se plaint d'une baisse dans les revenus et on fait valoir la nécessité d'une stricte économie. Si l'économie doit être exercée, nous pouvons bien espérer qu'elle commencera à porter sur les octrois les moins utiles, et que la chambre ne souffrira comparativement que peu des réductions. Il y a, dans le pays, quantité d'Instituts des artisans qui donnent peu ou point signe de vie ; qui, autant qu'on puisse préciser, ne semblent pas dépenser à des fins utiles l'argent que leur octroie le gouvernement—beaucoup d'associations littéraires, dans un état semblable, et quoiqu'elles reçoivent du trésor provincial d'aussi forts octrois que les institutions qui travaillent vraiment avec zèle à l'instruction secondaire. Les associations agricoles sont placées sous le contrôle de la Chambre provinciale et ne reçoivent pas d'argent, à moins de certifier, d'abord, qu'elles ont prélévé dans leur sein un montant à ajouter à celui du gouvernement. Ainsi, une école élémentaire ou commune ne reçoit pas d'argent, à moins qu'elle ne perçoive une somme au moins aussi grande que l'allocation provinciale ; et, depuis longtemps, les Institutions d'enseignement supérieur—écoles de grammaire et de haute instruction, académies et colléges sont soumis à la surveillance d'un officier du gouvernement pour contrôler les allocations qui leur sont faites. Il est grandement temps qu'un contrôle semblable soit imposé au gouvernement des soi-disant associations littéraires et scientifiques auxquelles, chaque année, des sommes aussi considérables sont payées par le trésor provincial. De ce côté, les pouvoirs de cette chambre demandent de l'extension. Le contrôle de ces dépenses ne saurait être confié aussi convenablement à aucun corps autre que cette chambre, près de laquelle chacune de ces institutions peut facilement être représentée. A cet égard, votre sous-comité pense qu'il est désirable que ses successeur, s'efforcent, avec votre consentement, d'obtenir l'amendement de la loi. Il pense aussi qu'il est désirable de demander que le nom inconvenant de sous-comité soit changé en celui de conseil, nom des corps administratifs des Chambres de commerce et Sociétés d'agriculture du Canada et de la Société des arts, en Angleterre. On trouve qu'il n'est pas convenable, dans la pratique, que l'assemblée de la Chambre, en janvier, ait lieu de si bonne heure dans le mois parce que, dans la plupart des cas, cette assemblée empêche l'élection préalable des nouveaux délégués par les institutions affiliées. Votre sous-comité suggère qu'il serait sage de demander que l'assemblée fût fixée au troisième mardi au lieu du premier. Ils suggèrent aussi que les principaux membres de la Commission géologique provinciale soient constitués, d'office, membres de la Chambre pour cette portion de la province où ils peuvent résider respectivement.

Le tout respectivement soumis,

D. BROWN, *Président.*

B. CHAMBERLIN, *Secrétaire.*

APPENDICE.

RAPPORT DU SECRETAIRE,

Au Sous-Comité de la Chambre des Arts et Manufactures du Bas-Canada.

Messieurs,—Conformément à une résolution de ce sous-comité, j'ai profité de mon séjour, en Angleterre et en France, durant l'été dernier, pour visiter, dans ces contrées, diverses institutions capables de servir de modèles à la Chambre, et de me procurer les renseignements qui pourraient être utiles à la conduite de ses affaires. Je m'étais déjà mis en communication avec Mr. P. LeNève Foster, M. A., secrétaire de la Société des Arts, et, à mon arrivée à Londres, je lui demandai toute l'aide et toute la co-opération qu'il daignerait me donner. Je saisis cette occasion pour déclarer combien je lui suis redevable pour les secours et conseils dont il a bien voulu favoriser mes travaux dans la Grande-Bretagne.

La Société des Arts a été fondée dans le cours du siècle dernier par des personnages de distinction, intéressés aux progrès de la science, et à son influence sur les Arts, les Manufactures et le Commerce. La Société a pris et conserve encore le nom de *Society for promotion of Arts, Manufactures and Commerce.* Elle a cherché et trouvé un champ d'étude, partout où une nouvelle invention a été faite, une nouvelle avenue ouverte au commerce. Les inventeurs ont été récompensés ; l'attention publique dirigée sur l'utilité de leurs inventions ; de nouveaux articles propres à la fabrication ont été mis au jour , de nouveaux terrains pour l'industrie développés. Tel est le but que s'est proposée cette association volontaire et vers lequel elle a marché avec plus ou moins de succès. Comme conséquence naturelle et poursuite de ces efforts, la société a, depuis longtemps, entrepris l'éducation des classes manufacturières. Elle s'est associée les divers instituts des artisans de l'empire et les a aidés. Elle a établi des examens pour exposer le talent de leurs membres, aussi bien que pour s'assurer des progrès accomplis, de temps en temps par leur éducation, et de l'utilité des moyens et systèmes d'instructions qu'offrent ces institutions. Ces diverses institutions affiliées ont, par des délégués, des conférences annuelles avec les membres de la société. J'ai eu le plaisir d'assister à l'une de ces conférences. On y discuta les questions d'examen, éducation secondaire ou supplémentaire, lectures, classes, &c. Le ton de la discussion me fit voir que ceux qui avaient de l'expérience dans cette affaire, croyaient généralement que le vieux système des lectures mélangées était d'une utilité médiocre ; que les classes et l'usage des bibliothèques fournissaient les meilleurs moyens d'instruire ceux qui les fréquentaient, et que de cette manière on rendait plus de services que de toute autre.

A sa séance de 1849, la société des Arts, sous la présidence du Prince-époux, a émis le projet de la grande exposition, qui, en 1851, a rassemblé tant de peuples et une si merveilleuse collection des produits du génie et de l'industrie de l'homme, de toutes les parties du monde. En France, depuis la fin du siècle dernier, des expositions de l'industrie de ce pays ont eu lieu à des intervalles périodiques ; les dernières tous les cinq ans, onze ayant été faites de 1798 à 1849. "Les Anglais, dit un écrivain français, regardaient ces expositions comme les jouets ou les amusements d'un peuple frivole." Ils avaient eu des expositions locales, mais pas nationales, quoique la société des Arts eût fait plusieurs tentatives dans ce but. Changeant d'opinion en 1849, ils sont allés à l'extrême opposé. Après l'exposition française de 1844, on proposa d'ouvrir celle de 1849 à toutes les nations. Le gouvernement accueillit favorablement la proposition et, après la révolution de 1848, référa cette proposition aux Chambres de commerce. A Paris, on se déclara contre, et le projet tomba. Mais, en 1849, pendant l'exposition nationale française, ou aussitôt après, l'idée fut reprise, comme nous l'avons vu, par notre Prince-époux et la société des Arts. L'histoire de cette grande exposition nous est familière à tous. Son succès éclatant, éblouissant, a été la cause d'une répétition de ses merveilles à Paris, et d'essais pour l'imiter à Dublin et New-York. A présent la société des Arts fait des démarches préliminaires pour établir, en 1861, à Londres une exposition universelle—projet qui sera probablement mis à exécution. Mais, quoique chacun connaisse la grandeur et la splendeur de la première exposition, chacun ne connaît pas toutes les leçons qu'elle a données. Elle a appris aux industriels anglais que, sous beaucoup de rapports, ils étaient en arrière des Français. Ce fait n'a pas seulement été évident, mais les gens les plus éclairés de la Grande-Bretagne ont cru avoir découvert les causes de cette infériorité.

Le retour à Paris, après avoir assisté à la grande exposition de Londres, M. le baron Dupin, dans un discours aux élèves du Conservatoire des Arts et Métiers, a montré que Paris, avec une population d'un peu plus d'un million d'habitants seulement avait remporté 35 médailles, tandis que Londres, avec deux millions et demi, n'en avait obtenu que 41 ; ce qui, pour Londres, ne fait que 14 médailles par million d'habitants, tandis que Paris en a gagné 29 par million. Sans doute, la comparaison par cités n'était pas aussi juste que la comparaison par nations ; mais, considération faite de toutes les circonstances, elle était assez juste. Comme l'a fait remarquer M. le baron Dupin, la France avait traversé une époque de révolution et d'anarchie et les maux de la révolution pèsent toujours très lourdement sur Paris. La France ne pouvait se montrer à l'exposition comme elle l'aurait fait, en d'autres temps. La Grande-Bretagne et Londres n'étaient pas sous le coup de semblables difficultés. L'exposition était aux portes des Londonnais, et les Parisiens devaient envoyer leur produits à une ville étrangère. Le baron divise ensuite ainsi les prix décernés : Chaque million de concurrents a reçu :—pour les arts ayant spécialement trait au mécanisme et aux machines, Paris 6 médailles, Londres 1 ; pour les arts graphiques et géométriques— Paris, 8 médailles, Londres, 3 ; pour les arts économiques et chimiques, Paris, 8 médailles, Londres 3 ; pour les beaux-arts et pour tous les arts pour lequel l'élégance de la forme et la perfection du goût sont des conditions essentielles, Paris 20 médailles, Londres 4. Il montre que les Anglais ont importé de France le tissage de la soie, à la révocation de l'édit de Nantes et que Brunel leur a été envoyé à l'époque de la révolution—que plus récemment ils ont vu arriver du continent chez eux, Morel le joaillier, Weitch, le sculpteur *par excellence*, Bontemps fabricant de glaces, et Marochetti le sculpteur qui a gagné quatre des médailles décernées à l'Angleterre. "Soyez assuré, continue-t-il, que les Anglais continueront à nous demander nos dessins et nos dessinateurs pour tous les produits de l'élégance et nos artisans et artistes dans les genres spécialement français ; et puis, comme en 1851, ils nous feront concurrence, sans la moindre hésitation, en se servant de nos soldats et de nos armes. Ils finiront par nous emprunter jusqu'à l'art de posséder le goût." (*)

Je m'aperçois maintenant qu'il est devenu de mode parmi les classes les mieux élevées de la Grande-Bretagne, d'admettre la justice de la raillerie que contient la dernière remarque de M. Dupin. "Elles nous diront : " nous ne pouvons bâtir ; nous ne pouvons sculpter ; en architecture et en beaux-arts nous sommes déplorablement en arrière des Français." Un colon qui part d'ici et visite les grandes villes de l'Angleterre trouve une foule de choses magnifiques. Il en est qui le sont réellement. Le splendide dôme de St. Paul, la façade si belle des nouveaux palais affectés au parlement, et la vieille Abbaye, malgré ses vilaines tours écrasées, sont tous d'une beauté supérieure, et l'Américain qui a peu vu, peu voyagé se demande ce qu'on peut lui montrer de mieux à Paris. Ayant peut-être contemplé peu de bons tableaux il s'extasie devant ceux qu'il trouve dans les musées Royal, National et

(*) Voir aussi Weiss, *Histoire des réfugiés protestants français.*

privés de la métropole et de ses environs ; mais le cockney-touriste, qui
le coudoye, fait certainement contraster défavorablement ces peintures
avec celles que renferme la capitale française. Sans cesse vous enten-
dez vanter aux dépens des Anglais les galeries du Louvre , du Luxembourg et de Versailles. Ce n'est que de temps à autre que vous entendrez
des gens déclarer hardiment que, maintenant, il existe, en Angleterre,
épars dans des musées particuliers, de plus beaux tableaux que même
dans les musées français—tableaux qui, dernièrement seulement ont,
pour la première fois, été exposés à la grande exhibition des trésors de
l'art, à Manchester. (†) Allez à Paris, examinez ici les monuments ; reve-
nez, et si profondément enracinés que soient vos préjugés en faveur de
la vieille Angleterre, vous admettrez forcement que l'humilité anglaise
n'est pas déplacée à cette égard. Le gigantesque dôme de St. Paul
ne semble pas moins grand que celui des Invalides ; mais si vous des-
cendez dans la crypte, au-dessous du dôme, et vous avancez à tatons, à
travers des ténèbres à peine combattus par la lueur du gaz, vers le lieu
où reposent Wellington et Nelson, vous soupirerez, en vous rappelant
la différence qu'il y a entre leurs tombeaux et celui de Napoléon. On
ne peut un seul moment lui comparer le tombeau d'un héros, d'un sage
ou d'un mon que anglais. L'abbaye peut-être mise en parallèle avec
Notre Dame, mais vainement on chercherait en Angleterre une Made-
leine. Les palais du parlement anglais sont très beaux ; mais il est impossible de les placer avec cette immense série d'édifices qui unissent
maintenant le Louvre et les Tuileries. Pourquoi cela ? Les galeries
de peinture de Londres sont maigres et nues comparées avec celles de
Paris ; et les collections nationales de sculpture sont cachées dans une
cave plus semblable au chantier d'un tailleur de pierre qu'à une galerie
artistique. Mais peut-être direz-vous que ce goût des beaux-arts n'est
que la sculpture et la dorure du temple national. L'Angleterre bâtit
avec solidité ; elle est proéminente dans les arts utiles. L'est-elle ? et
comment ? Quittons la métropole et rendons-nous à Manchester. En-
trons dans les manufactures où on tisse le coton et la soie. A plusieurs
sont attachés des laboratoires chimiques et des ateliers de dessinateurs.
Là, si votre guide est communicatif, il vous dira quelles améliorations
on a introduites d'une manière ou d'une autre. La moitié des noms sont
suisses ou allemands ou français, et, en outre, les fabriques emploient des
dessinateurs, des fabricants de patrons &c., à Paris et dans les villes
du continent pour les fournir de dessins &c. Ce sont là quelques-uns
des faits qu'a fait ressortir la grande exposition internationale.

(†) Je ne puis mentionner cette grande exhibition des trésors de l'art, sans offrir
à M. J. C. Deane, son principal instigateur et qui donna aussi une aide efficace à
l'exposition de Dublin et à celle de Londres, si je ne me trompe, mes remerciments
pour les bons services qu'il m'a rendus.

Quand elle fut terminée, une série de lectures fut, à la suggestion du Prince-époux, faite devant la Société des Arts (publiée ensuite en volume, dont la bibliothèque de la chambre s'est procuré copie), pour rendre plus profitables les leçons données par cette exposition. Des hommes de science, habiles et expérimentés, s'occupant d'art et de manufacture, exposèrent ainsi devant le public les déductions qu'ils avaient tirées des " faits bruts" placés sous leurs yeux. Dans leurs remarques, aussi bien que dans mes observations personnelles, j'ai puisé les renseignements que j'ai déjà écrit pour votre information. Un citoyen de Manchester, M. Bazley, admet que, même dans beaucoup de filatures de coton, la France et d'autres nations continentales ont pris à juste titre le plus haut rang, et je dois ajouter ici, quoique ce soit hors de mon sujet actuel, un avertissement utile, qu'il donne aux industriels et marchands anglais. " Ils ont, disait-il, une tendance indubitable au bon marché, et cette tendance, outre la détérioration qui en est la conséquence, doit inévitablement conduire à la fin à une diminution des affaires, et elle nuit déjà, on le craint, à notre caractère national, en donnant à nos rivaux étrangers, une réputation et des profits excédant les nôtres, pour leurs produits qui sont supérieurs." Plus loin, il ajoute : " Des mousselines imprimées, batistes, calicots pour habillement, de luxe et de grande beauté, ont été exposés, ainsi que des imprimés pour mobilier, *mais pour la perfection des couleurs et le bon goût des dessins, les articles étrangers ont généralement été regardés comme plus attrayants,* quoiqu'on ne puisse mettre en doute l'amélioration et la bonté des étoffes imprimées anglaises." La supériorité du dessin et l'habileté ont été contestées par ce système de bon marché. M. Bazley fait suivre cette réflexion de quelques remarques sur la nécessité de pousser l'instruction chez les classes ouvrières, afin d'utiliser convenablement les ressources du pays.

Une autre de ses lectures dit, que quelle qu'ait pu être l'opinion sur la position que les autres nations ont prise, d'après le préjugé ou jugement équitable, tout le monde admet que la France s'est placée au second rang. Ainsi, de même que les chefs grecs admettaient jadis que, quoique chacun d'eux fût lui-même le premier, Thémistocle était le second, et comme on concluait fort sagement que Thémistocle était réellement le premier, de même il faut en arriver par déduction à regarder comme évidente la prééminence de la France. M. Cole, qui fit la dernière lecture de ce cours, travailla à dissiper l'opinion que la Grande-Bretagne avait été dépassée, en faisant un compte-rendu différent de celui de M. le Baron Dupin. Il montra que, sur 164 médailles, 6,861 exposants anglais en avaient emporté 78 ; tandis que 7,076 exposants étrangers n'en avaient emporté que 86, la proportion étant à peu près égale. Mais il négligea de faire une comparaison avec la nation française. L'Angleterre avait la moitié de l'exposition à elle-même, la valeur de ses articles exposés étant de plus de

£1,000,000 stg., contre £675,000 d'articles étrangers, en comprenant, sans-doute, dans les articles anglais, beaucoup de machines pesantes, etc., qu'on n'aurait vraisemblablement pu apporter du dehors. Nous voyons de plus que la France, avec 1,747 exposants a gagné 54 médailles sur 78, presque quatre fois autant que l'Angleterre. M. Cole est même forcé de dire: "J'admets franchement que, pour l'exécution des articles d'art appliqués à l'industrie, les Français sont généralement plus instruits et meilleurs ouvriers que nous." "Au point de vue de l'art, dit-il encore, il me semble que parmi les nations de l'Europe, l'exposition n'apprit pas beaucoup de choses qui ne fussent connue du petit nombre, quoique la majorité apprît probablement une grande quantité de faits." Elle a de fait appris à la majorité en Angleterre combien elle avait à apprendre. Le baron Dupin attribue la disparité que nous avons remarquée à la subdivision des ouvriers parisiens en petits groupes dans beaucoup d'ateliers—200,000 ouvriers, ayant 65,000 contre-maîtres pour surveiller leur ouvrage—; et à leur intelligence en général. Cette subdivision n'est praticable que quand beaucoup sont assez bien instruits pour remplir le rôle de surveillants. Les lecteurs anglais l'ont recherchée d'un autre côté, plus favorable aux fabriques gigantesque et à l'intelligence naturelle des ouvriers anglais.

Feu Sir Henry de la Bêche a dit :—" La grande exposition, si brillante qu'ait été son cours, n'est pas finie ; c'est le moyen d'arriver à la fin. Vous ne voulez pas vous tenir tranquilles, et jeter les yeux sur sa splendeur passée comme sur une page d'histoire ; vous vous proposez de considérer jusqu'à quel point vous pouvez la rendre utile au bien public futur. Il y a un mouvement auquel on ne peut se tromper, vers une instruction plus générale en rapport avec l'industrie de notre pays—mouvement provenant de la dernière exposition.

"Sans doute, le commencement de l'école des Mines, dernièrement ouverte au musée de géologie pratique, a été très heureux, et c'est une promesse excellente pour l'avenir ; mais ce succès actuel et cette promesse pour l'avenir ne semblent que nous montrer plus fortement qu'il faut étendre l'instruction industrielle, et que, considérée soigneusement par rapport aux besoins et habitudes de notre pays, des écoles, pour aider les différentes branches de l'industrie qui ne reçoivent maintenant aucun secours éducationnel pourraient également réussir. Soyez assurés qu'on ne manque pas de capacités dans notre pays pour obtenir le résultat désiré ; ces capacités n'ont besoin que d'être éveillées, et habilement dirigées, pour devenir profitables. Envisagées comme suggestion, les imperfections ont été précieuses, puisqu'elles ont montré le besoin d'une instruction générale à l'égard du vrai caractère des matériaux de minerai brut, des moyens de les extraire, et de la méthode à employer pour les rendre précieux aux hommes. On ne devait pas s'attendre à ce que la masse des milliers de personnes qui, chaque jour, visitait l'ex-

position fût capable de se former un jugement exact à ce sujet, mais
il est devenu important de tâcher de déterminer la proportion de celles
appelées—à cause de l'espèce d'instruction qu'elles reçoivent ordinairement—classes instruites, qui apprécient réellement ces imperfections.
Excepté par ceux dont le métier est de prendre part au commerce et à l'industrie en rapport avec le sujet et qui les comprennent réellement, il
n'était que trop clair que peu de connaissance de cette sorte était
répandue. Cela provenait non pas de l'impossibité de se saisir du
sujet, mais simplement de ce que, dans des circonstances ordinaires,
cette espèce de connaissance n'avait pas été soumise à la considération."
Il affirme que " le manque d'une semblable connaissance n'est pas sim
" plement une affaire privée, mais une perte nationale," parce que " le
montant de capital, complètement gaspillé " dans des spéculations de
mines, etc., " lequel, s'il était bien employé aurait profité au public, est
énorme.... La science est essentielle au progrès, dans notre département (minéralogique), et il est consolant de voir que son alliance avec
la pratique commence à être bien appréciée dans ce pays, où jusqu'ici
nous n'avons possédé aucun des avantages éducationnels, par rapport
à l'instruction liée à l'industrie, que possédent d'autres nations. Nous
avons eu l'avantage de voir, durant la dernière exposition, *avec quelle*
avidité nos frères en industrie étrangers saisissaient sur tous les articles
exposés les applications utiles de la science ; comme ils désiraient ardem
ment visiter les localités d'où provenaient les échantillons. Ne restons pas
oisifs dans le même champ ; utilisons aussi l'exposition pour le progrès, et
que ses suggestions ne passent pas inaperçues. On a vu que, tout en
ayant beaucoup à enseigner (et nombreux étaient les points relatifs à
nos richesses minérales qui occupaient l'attention anxieuse de nos visiteurs des autres pays), nous avions aussi beaucoup à apprendre. Tâchons d'apprendre aussi bien que d'enseigner."

Le professeur Solly conclut ainsi sa lecture : " Je m'accorde de cœur
et d'âme avec ceux qui disent que nous avons besoin d'un vaste développement du système d'éducation nationale, et j'irai même plus loin : Je
dis : Ayons les moyens d'instruire le maître d'école aussi bien que l'écolier ; obtenons, en réunissant des faits authentiques et des renseignements utiles, ces moyens d'instruction qui nous manquent presque entièrement maintenant dans la science appliquée."

Le Rév. Robert Willis, dans sa lecture sur les machines et les outils
pour travailler le métal, le bois, etc., dit :—"Il a toujours existé une
malheureuse barrière ou séparation, entre les gens pratiques et les gens
de science, une méfiance mutuelle ou un malentendu sur leur valeur
respective, qui les a privés des grands bénéfices qu'ils auraient mutuellement tirés des études les uns des autres. Il est vrai que, dans beaucoup
de branches de la science, comme dans la chimie, géologie, botanique,

cette barrière a en grande partie été renversée ; l'homme pratique a reconnu le bienfait des généralisations scientifiques, et le théoricien a été forcé de rechercher les faits sur lesquels ses théories doivent être basées dans les mines et fabriques, ce qui a obligé les deux classes à travailler ensemble et à apprendre à se comprendre l'une l'autre. Cependant, l'ancien mépris pour la *théorie* règne encore trop, ainsi que la valeur présomptueuse et arrogante des *faits* et de la *pratique*. Dans nul département de la science, ce vice n'est poussé à un plus haut point qu'entre la mécanique mathématique et appliquée, et cependant le travail mutuel au moyen duquel les parties d'une machine compliquée sont agencées et disposées dans le cerveau de l'inventeur, exige que les facultés géométriques, comme on les appelle, soient développées à un haut dégré ; c'est à dire le pouvoir de concevoir mentalement les relations des parties de figures complexes dans l'espace. De sorte qu'un homme que la nature a doué des qualités de mécanicien est aussi un bon géomètre ; et l'inventeur ignorant qui lutte pour donner forme et réalité à ses conceptions d'une machine nouvelle, pratique, en vérité, imparfaitement et sans le savoir, la science géométrique qu'il méprise, et laquelle, s'il en avait acquis les éléments, lui aurait appris sur le champ à systématiser et coordonner ses idées. Car le système de mathématiques, tel qu'il existe maintenant, est le résultat du travail fait durant beaucoup de siècles par des hommes que la nature avait ainsi doués de cette qualité ; et l'homme qui, dirigeant maintenant cette puissance mentale à la construction de machines, dit qu'il l'a appris de lui-même, agit en présumant qu'il peut se passer des études de ces hommes de haute intelligence qui ont travaillé si longtemps à préparer un système pour ceux qui devaient venir après eux. Méconnaître de pareils travaux est le fait de la présomption, et en même temps une perte absolue de travail intellectuel.... Perfectionner et mettre en pratique l'idée d'une machine nouvelle n'est pas un petit effort de l'intelligence, et l'inventeur marchera plus sûrement, plus directement, plus rapidement à son but, en proportion de son instruction... ? En l'absence d'une connaissance théorique convenable, la machine proposée n'arrivera à sa forme parfaite et permanente qu'à travers une série de tentatives infructueuses, lesquelles par une série d'échecs et de réparations conduiront peut-être à faire disparaître les parties faibles de l'invention... Une connaissance théorique profonde de la mécanique n'est pas plus nécessaire à tous ceux qui s'occupent de machines que la possession complète de toute l'astronomie n'est nécessaire à chaque matelot. Cependant, les matelots n'ont pas horreur des mathématiques, et savent très bien faire usage des parties préparées pour eux. Tous les hommes livrés à la confection des machines, *soit pour appliquer leurs inventions, soit pour appliquer celles des autres*, devraient posséder les éléments du sujet, aussi bien que l'histoire de la mécanique ; et les ouvriers eux-mêmes faciliteraient grandement leur travail, par la connaissance de la géométrie et de la mécanique :—connaissance, limitée si l'on veut, mais proportionnée à leurs besoins. Nous devons espérer qu'un des résultats permanents de l'exposition pourra être que l'esprit des gens étant plus fortement dirigé vers la considération du sujet, on arrivera à organiser un système d'enseignement professionnel pour les hommes pratiques, de manière à permettre à chacun de se procurer autant de notions qu'il pourra en avoir besoin dans sa position. La préparation d'un pareil système d'éducation est difficile, et exige beaucoup de soins pour ne pas tomber dans la faute d'enseigner plus qu'il n'est nécessaire, ce qui ne peut, de fait, être compris que par l'étudiant, qui se propose à consacrer plus de temps et de pénétrer plus profondément dans les branches de l'étude, qu'on ne se le propose pour le dessein que nous considérons maintenant. Mais nous savons que des difficultés de ce genre ont déjà été affrontées, et heureusement vaincues, paraît-il, en France, après une expérience, fruit de plusieurs échecs..... Nos écrivains théoriciens introduisent rapidement dans leur système des exemples de la mécanique actuelle de notre époque ; les livres ont, cependant, plutôt pour but d'enseigner la mécanique aux mathématiciens que les mathématiques aux mécaniciens. On peut remarquer que, au moins dans une branche de la mécanique,— la force des matériaux,—la valeur de la science théorique et expérimentale a été complètement reconnues par des ingénieurs pratiques, et le pont Britannia peut être cité comme un exemple victorieux des avantages que l'on retire quand la théorie et la pratique se donnent la main."

M. Owen Jones, après avoir présidé une assemblée, où le professeur Royle fit une lecture sur les arts dans l'Inde, et dans le cours de laquelle il déplora l'ignorance générale de ce sujet, attribuable en partie au moins au peu d'étendue de l'éducation anglaise, qui exclut avec tant de soin toute notion des arts et des sciences, dit " le temps est arrivé où on sent généralement qu'un changement doit avoir lieu, et nous devons nous débarrasser des causes d'empêchement à l'art du dessin.... Il semble,— maintenant qu'il y a un sentiment général, et un désir favorable à l'art,— qu'il y ait quelque chose à faire. Je pense que l'on peut engager le gouvernement à aider à former dans le pays des écoles sur un pied différent de celui sur lequel elles sont maintenant établies."

M. Glaisher dit : " Quand le palais de l'exposition a été élevé et rempli de tant d'articles divers, il a constitué une immense machine qui devait fonctionner pour l'avantage ou le désavantage public. Maintenant, il a contribué à étendre la portée des connaissances humaines, et, suivant toute probabilité, il donnera naissance à l'institution des écoles industrielles, lesquelles, une fois qu'elles seront établies, ne seront pas abandonnées. Ces écoles industrielles amélioront les masses, et leur établissement, sanctionné par le temps, et développé, fera répandre et sentir dans l'avenir l'influence bienfaisante de l'exposition de 1851."

Je pourrais multiplier, presque jusqu'à l'infini, les exemples de ces enseignements empruntés aux lectures, mais des citations de deux autres me suffiront. La plupart des lecteurs ont, jusqu'ici, tacitement ou ouvertement, reconnu la supériorité des ouvriers indiens ou français ; mais on nous dira qu'en beaucoup de cas elles ont trait à des questions de goût et de beauté et non d'excellence sous d'autres rapports. Prenez un autre département, dans lequel la suprématie anglaise a longtemps été mise hors de doute, et écoutez la déclaration du capitaine Washington de la marine royale ; hydrographe de l'amirauté, si je ne me trompe pas. Il nous dit que " les dimensions d'un navire espagnol, capturé en 1761, servirent, pendant plusieurs années, de modèle à l'amirauté anglaise, et de la même manière, nous construisîmes, onze années après qu'il fut tombé en notre pouvoir, d'après l'*Invincible*, vaisseau français de 74 canons, et nous obtînmes ainsi quelques beaux navires ; mais on ne continua pas cette pratique. Le *Commerce de Marseilles*, servit de modèle à la *Caledonia*, de 120 canons, lancée à Plymouth en 1808 ; mais le *Canopus* de 84 canons, pris en 1798 et reconnu partout comme un admirable spécimen d'architecture navale, ne fut pas adopté pour modèle des navires de 84 canons de la marine anglaise, avant 1821 ; et même alors, il résulta du mode suivi pour construire la charpente de la coque dans nos chantiers et du poids des munitions et provisions considérées nécessaires à son efficacité, que la pesanteur générale du navire fut augmentée au point que le déplacement qu'elle causa, ammena le pont inférieur du navire de 84, anglais, à dix-huit pouces plus près de l'eau que celui de son prototype français. Il est inutile de suivre cette histoire plus loin. Il suffit de dire que tous ceux qui ont servi dans les flottes de blocus, durant la dernière guerre, sont péniblement convaincus de l'infériorité comparative de nos navires comparés à ceux de France et d'Espagne, en vitesse, stabilité et promptitude de manœuvre. Il est vrai que l'habileté de nos commandants et le courage de nos matelots ont parfois réussi à affirmer victorieusement notre supériorité navale, *mais on aurait pu éviter de grosses pertes de vie, si nos navires eussent été, par la forme, égaux à ceux de nos adversaires.* Qu'on me comprenne bien. Je suis loin de vouloir parler légèrement de ceux qui ont rendu de bons services à leur pays, ou de nier le mérite de beaucoup de nos constructeurs ; mais il doit y avoir quelque raison pour l'infériorité admise dont je viens de parler. Et la seule cause que je puisse lui donner c'est qu'en France et en Espagne et dans les autres contrées continentales, on a invoqué l'aide de la science. Quelques-uns des plus grands mathématiciens du siècle ont aussi dirigé leur attention vers les améliorations de la marine de leur pays. Colbert, le ministre éclairé de Louis XIV, employa Renau, qui fut, croyons-nous, le premier auteur français qui écrivit sur la théorie des navires. Il fut suivi des deux Bernouillis, Père la Hoste, Bouger, Euler, l'Espagnol Don Jorge Juan, Rimini, de Borda, l'Abbé Bossuet, le Suédois Chapman, Chenehot, Clairbois, Dupin et d'autres dont les écrits et les discussions ont puissamment contribué aux améliorations introduites dans les marines de France et d'Espagne. Qu'a-t-on fait, en Angleterre, pour lutter contre de pareils noms ? Le seul traité anglais sur la construction des navires, qui puisse prétendre à un caractère scientifique, fut publié par Mungo Murray en 1754 ; et les encouragements qu'il reçut furent tels qu'il vécut et mourut simple charpentier de navires dans le chantier de Deptford. L'Angleterre n'a pas, jusqu'à ce jour, en sa langue, un seul traité original, vraiment scientifique sur ce sujet.... Les plus précieuses contributions à cette science sont les articles écrits par les messieurs de l'école d'architecture navale, établie en 1811, et supprimée au bout de quelques années. Honneur, cependant, à qui honneur est dû ! la bonne graine qu'ils ont semée n'a pas, pensons-nous, été perdue ; les principes exacts de l'architecture navale exposés par eux, ont été connus et se sont généralement répar.dus."

Après avoir mentionné les récents et utiles travaux de Creuze, Scott Russell, du professeur Mozeley, de Peake et d'autres, il se plaint que la science a été mise au rabais et il ajoute que l'on a proclamé d'après de hautes autorités dans cette enceinte "qu'il faut cultiver la science abstraite si nous ne voulons pas rester en arrière des autres nations. Quoique la chose puisse être négligée par quelques personnes qui, de temps en temps, sont appelées à la direction des affaires de cette nation, nous ne pouvons nous dispenser de l'étude de la science abstraite, et de l'attachement à cette étude, si nous voulons faire de véritables progrès dans une question qui embrasse les considérations de questions aussi abstruses que la stabilité dynamique et les oscillations des corps flottants.... L'exposition a mis en relief saillant le besoin d'union entre la science et la pratique, le besoin de communications plus intimes entre les hommes de science et de pratique, et a montré le mal qui arriverait si le mur de séparation n'était renversé. * Non seulement cela est vrai en architecture navale, mais par rapport au manque d'instruction élémentaire de nos officiers de marine. A mesure que la vapeur se développe, nous devons donner une instruction mathématique à ceux qui doivent commander les navires à vapeur, ou nous serons de beaucoup distancés dans la carrière. Les jeunes gens qui entrent dans la marine peuvent s'instruire dans l'art de la navigation, quand le permet le service à bord ; mais quand à l'instruction systématique, il n'en est pas question. Qu'en résulte-t-il ? C'est que quand,

---

* Intéressant mémoire lu par le lieut. Reade R. M. devant la Société des Arts et publiées dans son journal depuis que ce rapport fut écrit, avec la discussion à l'appui de ces vues.

quelques années plus tard, les jeunes gens devenus hommes viennent à étudier la vapeur, il n'est pas rare de s'apercevoir qu'il faut commencer par leur apprendre les décimales et les éléments de l'algèbe.   Comment pourrons-nous soutenir la concurrence avec les nations voisines, s'il faut tenir à ses études un cadet pendant les deux ou trois premières années qui suivent son entrée dans la marine ?"   Plus loin, le lecteur montre qu'un grand inconvénient de la poursuite systématique de l'étude dont il a parlé c'est le peu de renseignements conservés sur les diverses tentatives d'améliorations qui ont été faites.   Ainsi, il est arrivé que l'usage du plomb pour doubler les navires a été essayé trois fois, à de longs intervalles, en Angleterre, les derniers qui le tentèrent ignorant les expériences de ceux qui les avaient précédés.

Passant à la lecture de M. le Dr. Lyon Playfair, nous remarquerons que le sujet de l'instruction pour les classes industrielles est encore développé avec plus de force et plus d'insistance.   Mr. Cole s'efforçant de répondre, comme je l'ai remarqué auparavant, à cette longue suite de témoignages et de déclamations, dit qu'il ne croit pas que les Français aient, en instruction ou éducation, un aussi grand avantage que d'autres l'ont représenté ; que, quoiqu'un plus grand nombre des ouvriers français sussent lire et écrire, cependant ils ne pouvaient lire et écrire ce qu'ils désiraient, et que beaucoup perdaient ces qualités par désaccoutumance. Beaucoup peut-être ne gagnaient, pas grand chose en sachant simplement lire et écrire, mais il y avait une éducation en outre qu'ils semblaient ne devoir jamais oublier dès qu'ils la possédaient.   Il pensait qu'il n'était peut-être que juste que le continent fournît la science et le goût, la Grande-Bretagne le capital pour les acheter et le capital et le travail pour les rendre profitables aux arts industriels.   Il disait aussi (c'était en 1852) que la raison pour laquelle la France n'avait pas eu et ne pouvait avoir d'exposition internationale était qu'elle était protectionniste dans sa politique commerciale.   Quoiqu'elle suivît encore une politique protectionniste en 1855, la France a donné à Paris la plus éloquente réfutation de la téméraire assertion de M. Cole, et celui-ci, qui, maintenant secrétaire du département des Sciences et des Arts du comité des Lords du conseil sur l'instruction, travaille activement et énergiquement à l'avancement des classes industrielles de la Grande-Bretagne, dans les arts et la science, ne doit pas voir avec grand plaisir les parties de sa lecture que j'ai citées.   Des militaires pourraient encore indiquer (qui ne le sait, à présent ?—depuis la guerre de Crimée) combien l'équipement de nos armées était inférieur à celui des Français, à cause du manque d'éducation scientifique de l'etat-major. * Cette guerre a mis au jour des défauts si terribles que, depuis, on a opéré une révolution complète dans l'administration militaire anglaise.   Sur terre et sur

* Voir à ce sujet, le *Débat sur l'Inde*, par M. de Montalembert.

mer, en temps de paix et de guerre, les larges épaules, les bras et les os robustes des Anglais ont été forcés de porter plus que leur fardeau convenable, grâce au manque d'instruction dans les moyens de l'alléger. C'est à peu près comme si l'on faisait manier un lourd marteau à un homme, sans que ce marteau eût un manche, une poignée ou un levier, parce que l'homme est assez fort pour le soulever et frapper avec lui quand il l'a dans les mains, Cet homme exécuterait l'ouvrage, et peut-être l'exécuterait-il bien, mais avec quelle perte de temps et de force!

Le peuple anglais a mûrement pesé les leçons qu'ils a reçues du grand congrès de l'industrie et de la paix et aussi celles qu'il a reçues de la guerre. J'aurai occasion de parler de quelques-uns des fruits que j'ai vus, de l'étude des premières. J'attirerai, toutefois d'abord l'attention sur M. le Dr. Playfair, dont la lecture judicieuse a suggéré ces remarques. Il s'était proposé d'indiquer les effets du progrès de la science chimique sur les articles fabriqués de l'exposition, et, après avoir montré combien cette science intéressante a fait pour l'art industriel, et pour l'économie des manufactures en Angleterre, il passe aux questions plus générales de la leçon que l'exposition a apprise sur le progrès relatif de la Grande-Bretagne et des autres nations. Je terminerai mes extraits de ces lectures, en donnant, presque en entier, cette partie de l'admirable travail de M. le Dr. Playfair: " Tous les cas cités sont les appuis conséquents et réels d'un principe qui a déjà été discuté :—que le progrès de la science abstraite est d'une importance extrême pour une nation qui compte sur ses manufactures. . . . Les opinions publiées de Babbage et Herschel, gens qui ont le droit de prononcer un jugement sur ce sujet, nous assurent que l'Angleterre baisse rapidement au point de vue de la science. ' est fort important de préciser la cause réelle de cette décadence. Cette cause, c'est que nous honorons principalement ceux qui sont utiles à notre époque et à notre génération, que nos yeux se portent trop avidement sur la récompense dorée, à laquelle tous nous aspirons; et que nous n'accordons qu'une sorte de considération théorique aux hommes qui recherchent les sublimes vérités, sans se préoccuper si elles auront ou non un effet immédiat sur le progrès industriel. Ce sont pourtant ces hommes-là qui donnent de la vigueur aux nerfs d'une génération future et lui permettent de garder sa place dans la lutte industrielle des nations. Ne vous trompez pas sur le sens de mes paroles. La science ne paraît jamais si belle que quand elle aide l'homme à augmenter ses ressources et son confort; mais la colombe n'aurait pas apporté la branche d'olivier à l'arche des espérances de l'homme si elle n'avait été capable de parcourir dans son vol élevé un espace plus long que celui embrassé en ligne directe jusqu'à l'arbre d'où elle venait.... Une rapide transition a lieu dans l'industrie; les matériaux bruts, jadis notre avantage capital sur les autres nations, courent graduelle-

ment à une égalisation de prix, et profitent à tous, grâce aux perfection-
nements de la locomotion ; et l'industrie doit à l'avenir être soutenue,
*non par une concurrence des avantages locaux, mais par une concurrence
de l'intelligence.* Toutes les nations européennes, excepté l'Angleterre,
ont reconnu ce fait ; leurs penseurs l'ont proclamé ; leurs gouvernements
l'ont adopté comme principe d'état ; et chaque ville a maintenant ses
écoles dans lesquelles on enseigne les principes scientifiques de la manufacture, tandis que chaque métropole jouit d'une université industrielle,
où l'on apprend à se servir de l'alphabet de la science par des exposés
de l'art de la fabrication. A-t-on observé à l'exposition quelques résultats de cette instruction intellectuelle chez leurs populations industrielles ? La réserve officielle qui m'avait nécessairement été imposée
comme commissaire nommé pour aider l jurés, n'a plus sa raison d'être
et par conviction personnelle, je réponds, sans hésitation, dans l'affir-
mative. Le résultat de l'exposition était bien propre à faire tressaillir
l'Angleterre. Partout—et je veux dire dans presque tous les articles
manufacturés—nous avons vu que la science où l'art était impliqué
comme un élément de progrès, comme une loi inévitable qui portait à la
prééminence la nation qui les cultivait le plus. Nos industriels ont été
justement étonnés, en remarquant que la plupart des pays étrangers éga-
laient rapidement et quelquefois surpassaient par droit héréditaire et
traditionnel, nos articles de f brique. Quoique bien supérieurs par notre
coutellerie commune, nous n pouvions prétendre à une supériorité déci-
dée dans la coutellerie appliquée aux instruments de chirurgie ; et étions
battus dans quelques espèces d'instruments tranchants. Nos épées, pas
plus que nos fusils, n'obtinrent une victoire incontestée. Pour les vitres
mon opinion—et je suis sûr que c'est celle de beaucoup d'autres—est que
si nous ne fûmes pas battus par la Belgique, nous le fûmes certainement
par la France. Quant aux verres taillés, notre vieux prestige resta plus
que douteux, et les seules découvertes importantes dans cette fabrication ne furent pas celles exposées par l'Angleterre. La Belgique, qui nous
a privé d'une si grande partie de notre commerce américain dans les
tissus de laine, s'est vue égalée par des concurrents auparavant inconnus.
Car la Russie s'est élevée à l'éminence dans cette branche, et les laines
allemandes n'ont pas fait honte à leur lieu de naissance. En fait d'argenterie, nous avions introduit chez nous un grand nombre d'ouvriers étrangers comme modeleurs et dessinateurs ; nous avons cependant eu affaire
à de dignes concurrents. Dans l'impressi   calicot et le colorage
du papier nos dessins paraissaient singulièrement français tandis que nos
couleurs, quoique généralement brillantes par elles-mêmes, ne se mon-
traient pas avec autant d'avantage, à cause d'un manque d'harmonie
dans leur distribution. En poterie, nous avons été les maîtres comme jadis'
mais pour la faïence et la porcelaine, notre excellence générale a été

rigoureusement niée ; quoique l'excellence individuelle fût très apparente. Quant aux ferronneries, nous avons maintenu notre supériorité, mais nous avons été manifestement surpris des progrès rapides faits par d'autres nations.

" On doit se demander bien sérieusement si l'exposition n'a pas montré très clairement et distinctement que la somme des progrès industriels de beaucoup de nations européennes, même de celles qui étaient évidemment en arrière de nous, a été beaucoup plus élevée que la nôtre ; et s'il en a été ainsi, comme je le crois, il ne faut pas beaucoup de finesse pour découvrir que, dans une longue course, les navires les plus agiles gagneront, quoiqu'ils aient été en arrière pendant un temps. L'exposition aura produit infiniment de bien si nous sommes forcés, comme nation, de reconnaître cette vérité. L'empire romain est tombé rapidement, parce que, nourrissant sa vanité nationale, il a refusé d'écouter les leçons de la défaite et l'interprétait comme une victoire........ L'influence du capital peut acheter pour un temps le talent étranger. Nos imprimeurs sur calicot, de Manchester, peuvent occuper et occupent en France des dessinateurs qu'ils paient libéralement. Nos verreries peuvent acheter et achètent la science étrangère pour les aider dans leurs opérations. Nos poteries peuvent se servir et se servent du talent étranger, tant pour direction que pour le dessin. Nos bijoutiers et monteurs de diamants peuvent compter et comptent sur le talent étranger dans l'art et l'habileté étrangère de l'exécution ; mais tout cela n'est-il pas une politique de suicide, qui doit avoir un terme, non pas pour le manufacturier individuel, qui achète sagement le talent où il peut se le procurer, mais pour la nation, laquelle, sans souci de l'éducation de ses enfants, envoye au dehors notre capital, comme prime à ce progrès intellectuel, lequel, à cause de notre apathie actuelle, est notre plus grand danger. On doit se demander, en quoi nous péchons et pourquoi nous péchons ? Cela ne vient assurément pas de l'absence de philanthropie publique ou de manque de zèle privé pour l'éducation, mais principalement de ce que l'éducation n'est pas du tout en rapport avec les besoins de l'époque.... Si le principal objet de la vie était de fabriquer des gens de lettres, je ne contesterais pas la sagesse de faire des classiques la base de notre enseignement. Ils ne sont pas tout à fait morts, mais comme les ossements desséchés de la vallée, ils peuvent se réunir et recevoir le souffle de la vie.... La littérature classique et la science exacte sont, toutefois, entièrement antithétiques. Si la littérature classique est suffisante pour faire fonctionner vos métiers à tisser, blanchir vos cotons, votre système d'instruction est juste ; mais s'il faut vous roidir, s'il faut renforcer vos nerfs, pour la rude lutte de l'industrie, est-il sage de vous repaître de poésie, tandis que vos concurrents se nourrissent de ce qui forme les muscles et donne de la vigueur aux nerfs. Avec des genres d'éducation aussi différents, qui gagnera le prix à la fin?... Comment pouvons-nous, comme nation, nous attendre que les enfants de notre industrie l'emportent pour les produits manufacturés, si nous ne leur apprenons pas la nature des principes que requiert leur étude fructueuse ? Consolons-nous par les vaines pensées de notre position gigantesque parmi les nations. La Grèce était plus haut que nous ne sommes, et où est-elle maintenant ? Ce n'est pas celui qui a la plus haute taille qui le voit plus loin ; car un nain sur les épaules d'un géant voit plus loin que le géant ; non qu'il soit moins nain, mais parce qu'il a ajouté la hauteur du géant à la sienne. L'exposition nous a montrés beaucoup de petits états qui se sont ainsi elevés sur les épaules de la science, dans ces dernières années, alors que nous voltigeons seulement sur ses bords."

Ailleurs, le Dr. Playfair fait cet appel :—" Sir Humphrey Davy a dit: ' Vous avez un Newton qui est la gloire non seulement de votre pays, mais de la race humaine. Vous avez un Bacon dont on peut encore suivre utilement les préceptes. Les Anglais dormiront-ils dans le sentier que ces grands hommes ont ouvert et se laisseront-ils surpasser par leurs voisins ? Disons, plutôt, que tous les secours possibles seront donnés à leurs efforts ; qu'ils seront secondés, encouragés, appuyés ?' Toutes les aspirations de la jeunesse sont vers la science, spécialement celle qui dépend de l'observation ; mais nous éteignons la flamme divine par des douches refroidissantes en forme de leçons scolastiques... Il ne siérait peu, ainsi qu'à tout autre, de mal parler de la sagesse qui découle de l'étude des auteurs anciens, ou de nier l'immense importance d'une connaissance de la littérature classique à l'éducation générale-ment ; je n'aimerais pas non plus voir cette éducation bornée aux réa-lités sèches, dépouillées de toutes les grâces de la poésie et de la litté-rature polie. Mais, en même temps, je proteste véhémentement contre l'épuisement de nos jeunes années par un enseignement tout classique, spécialement pour ce qui concerne cette grande classe de la commu-nauté, dont les efforts dans l'industrie, sont, en grande partie, les ga-rants de la prospérité de leur pays. Comme je ne pense pas que l'en-seignement de la littérature classique tel qu'il est donné dans nos éco-les soit digne du nom d'éducation, je n'applique pas non plus ce titre à la communication de la science seule, mais vous remarquerez que je l'ai toujours désignée sous le nom d' " instruction." Je ne propose aucun plan d'éducation, mais j'insiste fortement pour que l'enseignement de la science forme une importante partie de l'éducation de la jeunesse. Ne vous cachez pas que c'est là la difficulté vitale de la question. Vous pouvez fonder et vous fonderez bientôt, je l'espère, une université industrielle ; mais il faudrait que ses élèves fussent bien élevés avant qu'elle les adoptât. Maintenant il lui serait nécessaire de s'abaisser, remplir les devoirs des écoles inférieures : non pas de travailler en prenant l'achèvement de leurs travaux comme point de départ. Jusqu'à ce que nos écoles acceptent comme article de foi qu'une étude des œuvres de Dieu est plus propre à augmenter les ressources d'une nation qu'une étude des amours de Jupiter ou Vénus, nos colléges industriels ne tiendront pas matériellement tête à ceux du continent. A Paris, nous trouvons une école centrale des Arts et Méticrs, dans laquelle les élèves entrent à dix-neuf ans en moyenne, déjà bien familiers avec les éléments de la science. Ils vont là pour apprendre comment on se sert de ces éléments dans l'application industrielle. Trois cents des plus intelligents jeunes gens de France reçoivent annuellement dans cette école une éducation fort soignée ; et la meilleure preuve de sa valeur pratique est la grande demande que font les industriels de ses élèves, titre qui équivaut presque à un succès assuré dans la vie. Peut-on s'étonner des progrès de la France dans l'industrie, quand ce pays verse, chaque année, dans ses provinces cent cinquante de ces fabricants dont l'instruction a été si largement développée. On donne une instruction semblable a celle-là dans presque toutes les parties de l'Europe, mais en Angleterre il n'existe qu'une institution de ce genre. Nous avons notre Université et notre King's College, il est vrai, et ils produisent beaucoup de bien. Des colléges semblables existent aussi en Ecosse et en Irlande ; mais leur instruction en matière scientifique se termine juste là où commence celle des colléges industriels du continent. De fait, la dernière serait supplémentaire et aiderait beaucoup la première. Agissant d'après sa perception du bien, par une première reconnaissance nationale de ces vérités, dont la lueur se montre heureusement à présent en Angleterre, le gouvernement a établi une école des mines, et l'expérience a montré que cette école est fort appréciée, mais qu'elle doit supporter le désavantage d'un manque d'instruction préliminaire chez ses élèves, ce qui force les professeurs à être, dans les commencements plus élémentaires dans leur enseignement qu'il n'est compatible avec l'objet propre d'une pareille école... Dans ce pays, nous sommes, sous beaucoup de rapports, immobiles. Depuis des siècles, on a supposé que trois professions, l'église, le barreau, la médecine représentaient la science, et avec un aveuglement merveilleux on les accepte encore comme suffisantes.

"L'industrie, à laquelle ce pays doit son succès parmi les nations, n'a jamais été élevée au rang de profession. Pour ses fils il n'y a pas d'honneurs pas de position sociale reconnue. Sa dignité native n'a jamais été formellement avouée, si même elle a jamais été tacitement comprise. La science qui l'a élevée à cette éminence passe également dédaignée des places et des honneurs, et, à cause de sa nature même ne peut attendre aux richesses qui consolent l'industrie de l'absence de position sociale. Cette restriction des honneurs et de distinction a trois professions reconnues, a un déplorable effet sur les progrès de la science et de l'industrie. Il en résulte que chacune de ces professions regorge d'aspirants ambitieux, qui trouvant plus de postulants que de clients, se jettent dans de fausses positions, par dépit ou désappointement; ils deviennent, en conséquence, dangereux à la société. Elevez l'industrie au rang de profession—comme elle l'est dans d'autres pays—donnez à vos universités industrielles la faculté d'accorder des degrés commandant une haute reconnaissance sociale pour ceux qui y atteignent, et vous livrerez un cours salutaire au superflu de ces hommes de talent à qui l'église, la médecine et le barreau n'offrent qu'une maigre chance d'arriver à l'éminence, et si vous infusez ces talents à l'industrie, vous en ressentirez bientôt les effets, comptez-y. Dans les pays étrangers, les professions sont estimées, et prennent rang avec une position sociale aussitôt qu'il devient nécessaire, chez nous, nous nous contentons d'une chétive clasification, qui eut été à peine suffisante au moyen-âge et qui, n'est pas même la réflexion de nos besoins actuels. Ces considérations ne sont pas minces, car tant que l'ambition existera dans l'esprit humain, leur bonne ou mauvaise appréciation, exercera une influence bienfaisante ou pernicieuse sur la société. En établissant des institutions pour l'instruction industrielle, vous créez en même temps les moyens nécessaires à l'avancement de la science dans ce pays.... Progrès de la science et progrès de l'industrie, dans des pays qui sont parvenus à un certain degré de civilisation, devraient être des expressions synonymes; et de là, il suit que la politique d'une nation est essentiellement de favoriser les premiers, qui forment les ressorts d'action des autres. C'est pourquoi je pense que l'établissement de collèges industriels ne sera pas d'un petit profit pour cette nation. Ils aideront matériellement les progrès de la science, en créant des positions pour ses professeurs, et pour ceux qui cultivent volontairement la science, mais qu'épouvantent les difficultés dont est entourée son étude. Nul pays ne devrait plus avoir à se glorifier du progrès des sciences que cette heureuse île à la prospérité de laquelle il est si intimement lié. La première, la science a créé pour nous des sources de richesses inépuisables par les manufactures, et c'est au moyen de la science qu'il faut conduire et étendre ces sources. Les états étrangers ont reconnu le fait que l'on ne peut arriver à une concurrence fructueuse que par une étude attentive de la science—*et en faisant les fils de l'industrie eux-mêmes disciples de la science.* Sauf, en un seul cas, l'Angleterre n'a pas reconnu jusqu'ici cette vérité comme un principe d'état. D'où il arrive que la science y languit et que l'Angleterre doit recourir à son capital pour l'importer des autres pays. Cela prouve la nécessité d'établir, enfin, des collèges industriels; mais en montrant en même temps qu'il faut adapter l'instruction de la jeunesse aux besoins de l'époque."

Ce fut là la leçon donnée par la grande exposition aux gens de science et d'instruction de la Grande Bretague. Et ils en profitèrent. L'amélioration de leur industrie le fait voir. Des instituts d'artisans existaient déjà dans les principales cités et villes, et ils faisaient quelque bien en offrant aux membres beaucoup d'amusement et un peu d'instruction au moyen de leurs bibliothèques. Les membres de ces institutions pouvaient aussi obtenir bon nombre de renseignements surannés, qui leur arrivaient sous forme de lectures décousues, comme celles que nous entendons si souvent faire au Canada. Dans beaucoup d'entr'eux il existait aussi des classes—classes du soir généralement auxquelles le pauvre apprenti apprenait les rudiments de l'instruction donnée aux écoles ordinaires, ou allongeait les rares connaissances qu'il avait ramassées dans les écoles des pauvres. La Société des Arts s'occupe vigoureusement maintenant à favoriser l'instruction des jeunes gens, privés par la pauvreté de leurs parents ou le besoin de pourvo'r de bonne heure à leur subsistance par un travail quotidien,—privés, dis-je, des moyens de poursuivre la recherche des connaissances au-delà du seuil de l'enseignement. Cette même Société des Arts s'est mise à l'œuvre pour aider les institutions dans leur tâche, en systématisant leurs travaux et en stimulant l'ardeur des élèves par des examens et des récompenses. Bien dirigées, ces classes sont aujourd'hui regardées comme l'œuvre la plus importante que puissent accomplir ces instituts. Quelques-uns ont dernièrement changé leur nom en celui de collège des travailleurs (*Working men's College*); d'autres ont adopté ce nom. Dans beaucoup d'arrondissements, des unions d'institutions ont été formées, afin de mieux s'assurer les services de lecteurs capables qui pourraient, à tour de rôle, faire à diverses institutions dans un étroit circuit, une série de lectures pratiques et instructives, à des conditions pécuniaires qui mettront ces lectures à la portée de tout le monde. Ce procédé a aussi été adopté pour les examens généraux des élèves. La coutume de distribuer des prix a ajouté un grand intérêt à toutes les opérations de ces écoles d'instruction secondaire ou supplémentaire. Chaque année, un nombre plus considérable d'élèves, a été envoyé aux examens et a obtenu de la Société des certificats, qui sont réellement des diplômes de capacité pour la conduite des affaires industrielles. L'année dernière, la société a obtenu du comte de Derby le droit d'envoyer un certain nombre de ses élèves diplomés concourir aux examens pour le service civil. (*) L'examen et l'idée de délivrer des certificats une fois mis en pratique par la Société ont été continués par les diverses universités anglaises, et, malgré quelques difficultés et échecs, suite nécessaire de l'application d'un projet si grand et si nouveau, le succès a été re-

_____

(*) Le dernier numéro du journal de la Société annonce qu'au dernier examen deux des candidats de la société ont obtenu la première place.

C

marquable. Un grand nombre d'élèves des écoles commerciales ou ordinaires du jour et du soir, de toutes les parties de la Grande-Bretagne, se sont réunis aux lieux des examens pour y remporter les diplômes A A d'Oxford, les certificats de Cambridge et des universités de Londres. On s'est plaint que ces examens étaient trop difficiles ; que les jeunes gens examinés ne devraient pas être tenus de savoir tout ce que l'on exigeait d'eux. Mais le procédé était excellent pour montrer au juste la valeur de l'enseignement donné dans certaines écoles fort vantées. Nous avons vu que les plaintes élevées contre l'enseignement universitaire, reposaient surtout sur le trop de temps consacré à l'étude du latin et du grec ; et que plus d'un pouvait se féliciter de l'instruction plus pratique qu'il avait reçue dans les hautes écoles commerciales. Les universités répondirent à cela : Nous enseignons, par une profonde connaissance d'un petit nombre de choses, à tout apprendre. Vous professez d'enseigner beaucoup, mais vous n'enseignez rien. Nous labourons un petit champ, mais le labourons profondément, le retournons jusqu'au sous-sol, et l'engraissons bien ; vous, vous scarifiez une grande superficie, sans développer convenablement la fertilité d'aucune portion. Notre culture est meilleure. Nous ne voulons que montrer par deux ou trois champs ce que les hommes peuvent faire sur beaucoup. Vous, vous ensemencez le tout pour avoir la plus grande moisson immédiate. Et, en parcourant les rapports des examens on s'aperçut que les hommes des écoles pratiques péchaient défavorablement au point de vue de quelques-unes des branches pratiques, comme la géographie, l'histoire, la grammaire, &c. Si ces examens servent à faire développer plus de diligence et de soin dans l'enseignement de ces branches ordinaires, et s'ils sont vraiment profitables aux jeunes gens porteurs d'un diplôme leur permette de s'en servir comme d'une preuve de leur capacité, ils seront un grand bienfait pour le pays.

Ainsi donc, une vraie impulsion a été donnée à l'instruction des classes industrielles dans les rudiments ordinaires des connaissances. Mais il n'a pas été laissé à la société et aux universités d'agir seules. Le gouvernement et le parlement ont cordialement coopéré à cette œuvre. Plusieurs années auparavant, en 1837, je crois, Lord Sydenham, alors M. C. Poulett Thompson et le président de la Chambre de commerce anglaise, a fait prendre sous les auspices de cette chambre, des mesures pour l'établissement d'écoles de dessin dans plusieurs des grandes villes du royaume. Avant encore, la Commission géologique du royaume uni avait été entreprise, sous Sir Henry de la Bèche, qui, en 1835, fit ressortir devant le gouvernement de l'époque, les bienfaits qui résulteraient de l'établissement d'une musée de géologie pratique. C'est grâce à ses recommandations que le musée fut commencé en 1837. En dehors de ce musée et du laboratoire qui en fait nécessairement partie s'éleva l'école des mines. Dès 1839, le gouvernement sanctionna des Lectures [en rapport avec le musée, sur la chimie analytique, la chimie agricole a métallurgie, la minéralogie et les mines, mais le manque de local, convenable retarda leur commencement jusqu'en 1851 : dans le mois de mai de cette année, le Prince Albert avait formellement ouvert le nouveau musée et l'école où l'on avait préparé une salle de lecture. Ainsi, dans l'année même de l'exposition, nous voyons l'instruction industrielle munie d'une de ses branches. Le corps des professeurs est comme suit :

M. le Dr. Hoffman sur la chimie en ce qui concerne spécialement son application aux arts et métiers.

M. Huxly sur l'histoire naturelle généralisée.

M. Stokes, la physique.

M. le Rév. R. Willis, la mécanique appliquée.

M. Ramsay, la géologie.

M. le Dr. Percy, la métallurgie.

M. Waryngton M. Smith, les mines et la minéralogie.

Durant la session dernière, ils eurent 77 élèves le plus haut chiffre atteint. En 1854 et les années suivantes, des lectures populaires sur l'histoire naturelle, la géologie, et la mécanique appliquée furent faites par cours de six lectures sur chacun de ces sujets, les billets étant donnés aux ouvriers à raison de douze sous par cours. Tous les billets mis en circulation furent avidement recherchés. M. le Professeur Owen fit aussi sur les vertèbres fossiles du musée britannique, des lectures où il attira jusqu'à 450 auditeurs. 116 étudiants suivirent les cours du laboratoire de chimie et 22 ceux du laboratoire de métallurgie. Tels sont quelques-uns des résultats obtenus à Londres dans cette branche seule. Mais, en dehors de cela, avec des collections tirées des grandes expositions de Hyde Park et de Paris, on a fondé des musées dont je parlerai plus longuement ensuite. L'un d'eux est sur la prop   é connue sous le nom de Kensington Gore Estate, presque vis-à-vis de l'emplacement de la grande exposition. En ce lieu, on a élevé une rangé de bâtiments où est rassemblée une collection d'une foule de choses intéressantes, et où se trouve aussi le principal bureau du département du nouveau gouvernement. En 1859, le département des Sciences et Arts de la Chambre de commerce fut placé sous le contrôle des Lords du comité de l'instruction, du Conseil sous les auspices de qui il fonctionne maintenant. C'est pourquoi, là se trouvent les écoles modèles de dessin et la principale direction de toutes les écoles de dessin sous le patronage du gouvernement dans les trois royaumes. On y remarque de curieux échantillons de toutes sortes de belles marchandises et de jouets de toutes les parties du monde, ainsi que les livres les plus recommandables, et les fournitures des écoles. Tout cela est à l'usage des étudiants et soumis à l'inspection du public. Là, se tiennent des expositions périodiques des produits de l'industrie anglaise, et dans les dessins pour tapis, dentelle, verrerie, porcelaine, poterie, tuiles, fontes, &c., faits par les élèves des nouvelles écoles des arts et exécutés par diverses manufactures, vous pouvez remarquer un progrès graduel et satisfaisant dans les efforts pour fournir à la Grande-Bretagne les œuvres dans lesquelles elle se montra foible lors de l'exposition de 1851. Sous la surveillance de ce département, dix-neuf écoles ont été affiliées (dont 12 sont des écoles navales) fréquentées, en 1851, par 3,120 élèves. Mais, outre les écoles ainsi établies par le département, d'autres sont aidées; et on a déterminé à 9,172 le nombre total des personnes recevant cette année là, l'instruction scientifique à divers degrés. Dans ces écoles scientifiques on enseigne la mécanique, la physique, la chimie et l'histoire naturelle. On avait amplement pris des mesures pour enseigner, dans les universités, ces branches aux classes plus riches. Des arrangements ont été faits avec le *Training College*, de Chester, pour instruire ceux qui sont destinés à l'enseignement de la science.

En 1857, M. le Dr. Lyon Playfair fit rapport sur les écoles scientifiques : " Quoique le nombre d'élèves fréquentant les écoles et leurs progrès continuent à être satisfaisants, il ne semble pas, dit-il, qu'on doive s'attendre bientôt à voir beaucoup de ces écoles se subvenant à elles-mêmes ou rémunérant leurs professeurs. La raison en est que, seuls, les enfants des classes ouvrières fréquentent les divisions " juvéniles " des écoles ; les divisions adultes se composant principalement de jeunes gens livrés à un travail journalier. La composition des écoles, quoi-qu'elle soit la plus désirable qu'on puisse obtenir, n'est pas néanmoins propre à les amener à se subvenir à elles-mêmes. Aux écoles des Arts, les fils et filles des manufacturiers, marchands et autres personnes dans l'aisance, suivent les classes durant le jour, et paient cher, ce qui perme ux maîtres de faire aux ouvriers des cours à un prix en rapport avec les moyens de ces derniers. Mais la première classe d'élèves ne va pas aux écoles scientifiques provinciales, de sorte que les élèves de ces écoles appartiennent entièrement aux classes ouvrières. C'est pourquoi, il est nécessaire qu'une aide pécuniaire plus grande que celle accordée jusqu'ici soit donnée aux écoles scientifiques locales. Il me semble que, pour arriver plus surement à cela, il faudrait payer les résultats de l'enseignement, au moyen de petites récompenses à *l'enseigné* et d'une récompense plus grande au maître ou aux institutions qui s'assurent les services de maîtres compétents. Durant l'année actuelle, on appliquera à titre d'essai, ce système sur une petite échelle, dans quelques écoles, afin de voir quel est le meilleur moyen de soutenir ces écoles, sans affaiblir la con-fiance personnelle et l'indépendance du comité local chargé de la direction des écoles en question. "

Comme il n'y avait aucun enseignement de l'art, d'après des princi-pes fixes fournis ailleurs, pour les hautes ou les basses classes, l'Etat fr obligé d'organiser et de surveiller un système d'instruction à partir du commencement et de surveiller et de créer une école, afin de former les maîtres ès-arts.

Les écoles des arts, d'abord appelées écoles de dessin, furent établies comme nous l'avons vu, longtemps auparavant, er. 1837, sous les auspices de Lord Sydenham, afin de perfectionner le goût des artisans dans les matières de dessin et de les rendre, à cet égard, plus indépendants des Français. Elles furent continuées ensuite sous la juridiction de la Chambre de commerce. Elles n'avaient jamais, cependant, été fort animées ; et leur utilité ne prit pas une forte extension jusqu'à ce que la grande leçon de 1851 eût soulevé l'attention publique. Dans les dix premières années, 23 écoles seulement furent fondées sur un système d'octroi direct pour aider les écoles. Les octrois avaient été augmentés en même temps que les secours locaux diminuaient. Après la réorganisation qui suivit le réveil de 1851, on fit autant que possible en sorte que les écoles se soutinssent elles-mêmes ; mais, grâce à une administration judicieuse, 46 écoles furent ajoutées en cinq ans, de 1852 à 1856. Et maintenant il n'est plus nécessaire d'établir des écoles spéciales séparées pour enseigner la science élémentaire et le dessin. Des réglements ad hoc sont établis partout où l'on peut les établir dans les écoles primaires et publiques existantes. Dix ou moins de celles offrant une agrégation de 500 élèves et garantissant un taux de 6d. par tête, peuvent obtenir les services d'un maître es-arts diplômé et l'aide du département. C'est une classe temporaire, en attendant que le département de l'éducation primaire fournisse à toutes les écoles les maîtres qui enseigneront le dessin, &c., aussi bien que d'autres notions ; à ces maîtres on donne de plus forts traitements, et on désire que l'instruction élémentaire de cette sorte soit donnée dans toutes les écoles primaires. Outre cette action directe, le département aide aussi par des examens et des prix. A la fin de l'année 1857, le nombre des écoles locales des arts était, dans tout le royaume uni, en y comprenant les écoles du district de la métropole, de 68, et il y avait 139 écoles publiques de la classe de celles sous l'inspection du Conseil privé, où l'instruction était donnée, par des professeurs départementaux à 17,640 écoliers ; 71 écoles privées où des maîtres donnaient l'instruction à 2,895 élèves. La somme reçue localement n'était que de £624 contre £3,000 payés par le gouvernement. 39 maîtres et maîtresses ordinaires donnaient l'instruction à 1,914 élèves, et, 1,323 maîtres et maîtresses et moniteurs fréquentaient les écoles. Quoiqu'un acte récent permette au peuple de lever des taxes locales pour des bibliothèques gratuites et écoles des arts et des sciences, les contributions locales sous-mentionnées furent le produit de souscriptions volontaires. Cork seule a une taxe. £10,945 ont été payées par les étudiants comme honoraires. Sur les 8,519 étudiants dont les occupations furent notées 1,546 n'en avaient point auparavant, 2,954 entrèrent simplement comme étudiants, 282 étaient professeurs ;

377 moniteurs ; 373 peintres ; 541 entrèrent sous la désignation générale
d'artisans ; 358 commis ; 257 charpentiers ; 213 mécaniciens ; 180 gra-
veurs ; 120 dessinateurs ; 163 ouvriers en métaux, et 101 commis de
magasins ; 13 domestiques ; 4 papetiers, et le reste par groupes de moins
de 100 chaque, distribués parmi la grande quantité des industries qui
exigent de l'habileté. Une fois l'an, les inspecteurs visitent toutes les écoles des arts et tous les ouvrages des étudiants sont examinés. Aux
plus aptes, des médailles locales sont décernées. Ces médailles sont
limitées au nombre de 30 pour chaque école, la moyenne remportée
jusqu'ici n'étant que de 8. Pour chaque prix gagné par un de ses
élèves le maître reçoit comme récompense une certaine somme. Toutes
les œuvres couronnées sont ensuite envoyées à Londres; là, examinées
ensemble, et 100 médailles nationales décernées. Pour chaque médaille ainsi gagnée, l'école locale reçoit des œuvres d'art de la valeur de
£ 10 jusqu'au maximum de £ 50 par an. Dans la métropole seule, en
1857, il y avait 396 élèves dans les écoles d'enseignement, 587 élèves
appartenant au genre masculin et 116 au genre féminin dans les écoles
de district et 7,439 dans les écoles paroissales recevant l'instruction artistique, sous les auspices du département. Voilà quelques détails sur
la manière de faciliter l'instruction donnée dans les écoles sous le
patronage du département des arts et des sciences du Comité d'instruction du Conseil privé.

Mais cette œuvre n'est pas seulement faite par les écoles et les lectures. Dans plusieurs localités, on a établi des bibliothèques où tout
homme, qui peut trouver deux contribuables pour répondre de son hon-
nêteté, et se porter garant qu'il n'abîmera pas les livres dont il fait
usage, dispose à son profit de dix milliers de volumes. Dans ces bibliothèques publiques sont déposées des copies de toutes les publications du
British Patent Office, avec spécifications des inventions pour lesquelles
des patentes ont été accordées ; et chaque inventeur pauvre ou étudiant
en mécanique peut y recourir en tout temps. Un grand nombre d'ouvriers profitent de ces bibliothèques. Et, chaque jour, on peut les voir
consultant des ouvrages scientifiques sur des sujets en rapport avec leurs
études favorites ou leurs occupations quotidiennes. J'ai visité celles
établies à Manchester, et dans son grand faubourg de Salford. Dans la
première j'ai été fortement frappé par l'aspect d'un homme pâle, maladif,
dont les vêtements dénotaient la pauvreté la plus abjecte, sinon une
misère adipeuse, fouillant évidemment un ouvrage scientifique et cher-
chant peut-être à produire une nouvelle machine destinée à révolution-
ner une branche de l'industrie. Il négligeait les choses extérieures pour
poursuivre une étude chérie. Lui aussi, il avait accès à ce splendide
palais du peuple, à une bibliothèque et aux richesses de connaissances
inédites qu'il contient. Les conservateurs m'assurèrent qu'il était si
rare que les livres fussent endommagés qu'il était à peu près inutile

d'en parler. Il se perdait peut-être trois volumes par an sur des vingtaines de mille. Le peuple trouve encore là un autre moyen d'instruction. Les grandes expositions universelles ont été des musées temporaires. Il existait auparavant des galeries et musées artistiques permanents ; d'autres ont encore été ajoutés à ceux-ci. Le musée britannique, avec sa bibliothèque gigantesque, où entre une copie de tout ouvrage publié en Angleterre ; son immense collection d'objets d'histoire naturelle, d'antiquités egyptiennes, assyriennes grecques, romaines et anglaises, et des échantillons géologiques est là comme une noble collection nationale pour l'instruction de ses savants, et depuis longtemps utile aux gens qui résident dans la capitale ou y viennent. Là aussi où admire la galerie nationale avec sa collection de peintures et de sculptures—et la galerie Vernon, et la galerie Dulwich, et les palais et les vieilles abbayes, et les églises, chacun avec sa provision de trésors de l'art pour raffiner le goût du peuple, qui, chaque année, y obtient un accès plus facile. Les grandes galeries de Paris et des autres nations continentales ont fait beaucoup pour y former et y perfectionner les goûts populaires ; mais, longtemps, on a cru et constamment affirmé que les habitants des Iles Britanniques ne devaient pas jouir de tels privilèges et qu'ils détruiraient tous les trésors qu'on leur permettrait d'examiner. En cela, les riches calomniaient les pauvres. On a mis ces derniers à l'épreuve et ils n'ont rien détruit. A la bibliothèque gratuite de Salford sont attachés un musée d'histoire naturelle et de géologie, et des galeries pour les beaux arts. Je me trouvais dans une de ces dernières, admirant une belle statue en marbre de Carrare, prêtée pour être exposée par un bienfaiteur de l'institution, et j'examinais aussi, tout près, un magnifique tableau, un *Ecce Homo*, par Annibal Carrache, prêté par une autre personne (l'un était entouré d'une simple corde, et l'autre exposé sur une légère charpente assez semblable à un chevalet ordinaire) quand arriva une espèce de mendiante, comme celles qui demandent l'aumône dans les rues. Elle était suivie de deux enfants déguenillés, tenant la tasse dans laquelle elle avait porté la bière de midi à son mari ouvrier. Personne n'eut l'air de s'en inquiéter ou de faire attention à elle. Elle rôda avec ses enfants dans les salles, vit à son aise les objets exposés, puis descendit dans le magnifique parc de Peel où le musée est bâti, afin d'admirer la belle statue de la reine, par Noble, et celle de Sir Robert Peel, et les arbres et les fleurs qu'on y a placés pour égayer la vue et charmer les heures de loisir. Fuyant les rues fangeuses, la poussière, la fumée, et le tumulte des voies passagères encombrées, elle avait amené ses enfants, encore incapables de travailler dans les grandes manufactures environnantes, pour y respirer un air pur et y admirer cette noble collection de magnifiques objets propres à élever et à polir leurs facultés, sinon à leur donner d'autres leçons. Je montrai le groupe au conservateur, M. Plant, qui me témoigna, comme votre représentant, toute la bienveillance possible. Il me dit que beaucoup de personnes de cette classe venaient chaque jour à cette exposition. Nulle cependant n'endommageait les articles exposés. Visitez quotidiennement le Louvre ou le Luxembourg, allez à une fête à Versailles, voyez ces milliers de gens qui circulent, comme un courant continuel, à travers les musées, et vous ne serez plus émerveillé du goût que les ouvriers français apportent à leurs œuvres.

Mais pour l'instruction des artisans et des manufacturiers, ou de ceux qui cherchent des renseignements sur l'art de la fabrication, il ne suffit pas de remplir de peintures et de statues les musées. On a, en conséquence, établi à Londres et à Dublin, des musées industriels proprement dits, et on s'occupe à une collection pour en fonder un à Edimbourg. Ou on n'a pas laissé s'éparpiller de nouveau au dehors tous les articles réunis à Londres, en 1851, de toutes les parties du monde ; la collection faite, en 1855, à Paris, n'a pas non plus été abandonnée. Nous avons déjà vu qu'à Londres l'école des mines de la rue Jermyn était réunie à un musée de géologie économique, &c. Là, vous trouverez des spécimens de toutes les mines et de tous les matériaux à bâtir, extraits des carrières des Iles Britanniques—avec de nombreux échantillons du dehors. La plupart des métaux sont exposés aux derniers degrés de fusion et raffinage et dans la salle des modèles et outils vous trouverez des modèles des outils et machines employés aux divers degrés de fabrication. Là, sont rangés des échantillons indiquant les divers procédés de la fabrication des objets d'utilité et d'ornement—les différents degrés par où passe la manufacture des meilleures épées, des canons de fusils perforés ou à rubans, de l'argenterie ornementée et ciselée, des articles émaillés, etc. Désirez-vous vous livrer à des spéculations sur les mines, la carte géologique de tous les districts explorés est là devant vous et dans le bureau des archives des mines (*Minning Record Office*), une sorte d'histoire du travail effectué dans presque toutes les vieilles mines, ouvertes en Angleterre. Voulez-vous bâtir une maison, sans vous inquiéter des dépenses, ou une église ou un autre édifice public, et connaître les meilleures pierres à cet effet, vous trouverez encore là des spécimens de toutes les pierres à bâtir connues dans la Grande-Bretagne, avec l'analyse de leur valeur respective. Et même vous pourrez vous procurer une description des procédés, et des spécimens des matériaux ou ouvrages employés dans les pays étrangers, qui ont introduit de nouveaux modes pour fabriquer ou améliorer les anciens. Ainsi le potier du Staffordshire, s'il est vaincu ou dépassé par un article importé, pourra généralement apprendre là le secret de l'étranger. De cette manière, natifs et étrangers peuvent également connaître ce que produit la Grande-Bretagne, le fabricant indigène peut apprendre le secret du succès ou de l'insuccès de son concurrent étranger. Pour un pays comme la Grande-Bretagne, dont les ressources minérales sont presque sans bornes (la valeur annuelle des produits minéraux de la Grande-Bretagne, dépassant £28,000,000 ster., sans compter les pierres à bâtir et argiles), c'est de la plus haute importance.

A Kew, près de Richmond, village qu'on peut regarder maintenant comme un faubourg de Londres, se trouvent des jardins botaniques, jadis gardés pour le plaisir royal, rendus maintenant nationaux. Ils renferment des spécimens de tous les arbres qui croissent en plein air, tandis que d'immenses serres contiennent un grand nombre de plantes tropicales, depuis les gigantesques palmiers, avec des feuilles de dix à douze pieds de long, jusqu'aux plantes rampantes. Et là, au milieu de tout ce qui est beau, propre à charmer le citoyen fatigué du bruit et de la poussière des rues, on a élevé un autre musée, sous la direction de Sir William Hooker. On l'appelle musée de botanique économique. On y a réuni des échantillons de bois de toutes les parties du monde. J'en ai vu beaucoup du Canada (pas aussi beaux que ceux qu'on aurait pu se procurer cependant) et beaucoup d'Australie. Quelques-uns avaient été convertis en articles de mobilier, et à cet égard nos colons d'Australie ont certainement pris la meilleure place du musée. Mais il n'y a pas seulement des bois. Des plantes, fleurs, noix, fruits, écorces, baies, tous les produits et végétaux utiles ont leur rang avec leur étiquette. Tabac, café, thé, haricots, pois, blés, concombres et melons, noix de galle et muscade, épices et cinnamone, chanvre, lin et coton, et les plantes fibreuses dont les nations semi-civilisés de l'est et des mers du sud se servent pour tisser de si jolies et si curieuses choses, le caoutchouc et la gutta-percha, la canne à sucre et le maïs, tout cela et bien d'autres productions encore remplissent une succession de salles d'un vaste édifice où tous vont et viennent librement, et peuvent en achetant un catalogue de six pence ou d'un chelin, puiser des informations abondantes sur les formes, la nature, la croissance et les usages de tout le monde végétal. On voit très généralement, à côté de ces végétaux, des articles manufacturés avec eux. Ceux de caoutchouc et ceux de gutta-percha formeraient à eux seuls un petit musée.

Ce qui est resté des collections faites aux grandes expositions a été transporté d'abord à Marborough House où se trouve maintenant la galerie Vernon, puis à l'édifice en fer élevé à South Kensington. Ces collections se composent principalement de produits du royaume animal et des articles manufacturés avec ces produits. Dans les trois musées, la plupart des articles portent des étiquettes indiquant le lieu de leur provenance, les procédés auxquels ils ont été soumis avant d'être livrés à la consommation, et les divers degrés de fabrication par lesquels ils sont passés; de façon que, même ceux qui n'achètent pas de catalogue, peuvent puiser une foule de renseignements dans l'étude des objets exposés. Mais, outre ce musée, trois ou quatre autres ont été réunis sous le même toit. On y remarque une collection d'œuvres d'art; une collection de matériaux représentant les chefs-œuvre d'architecture anciens et modernes, anglais et étrangers. Des photographies, des moules, et des copies électro-types des grands travaux de l'art à Paris et dans les autres vi'les continentales y sont rassemblés ; la collection de Soulage, contenant tant de choses étranges et curieuses, en vieux ameublements et décorations y a été déposée; un grand nombre de pièces de tapisserie dont l'une, cadeau du prince Napoléon ; des présents orientaux de Sa Majesté, dans toute leur barbare magnificence de drap d'or, excitent la curiosité publique ; plus loin, c'est une galerie de tableaux, présentée par un gentilhomme de mérite, nommé Sheepshanks ; elle contient diverses toiles de Turner et Landseer, beaucoup de Mulready, Cope, Stanfield, Eastlake, Creswick, et d'autres, des dessins originaux par ces artistes et par Wilkie, etc. J'apprends que l'on se propose d'y annexer une galerie de gravures. En cet édifice, on a aussi entrepris une galerie de sculpture anglaise où des œuvres et copies de Gibson, Bell, Spence, et d'autres éminents sculpteurs anglais, se pressent autour d'une des Esclaves grecques de Power. Nous y observons aussi un musée éducationnel, auquel les diverses organisations pour l'avancement de l'instruction ont envoyé des spécimens de l'vres, fournitures, appareils d'écoles, afin qu'ils y fussent examirés par le public et étudiés par les maîtres ou autres personnes intéressées à faciliter les moyens d'enseignement dans les écoles primaires. De plus encore, vous verrez une collection des inventions patentées, parmi lesquelles j'ai contemplé le modèle en opération de la première machine à vapeur employée à faire marcher un navire dans la-Grande Bretagne. Je ne saurais conclure ma brève et très imparfaite esquisse des merveilles de ce lieu, sans dire combien je suis redevable à M. Thompson, du musée de l'instruction, dont la bienveillance et la courtoisie ne m'ont jamais fait défaut. Je n'avais pas affaire avec son département ; c'était dans l'instruction secondaire et non primaire que je recherchais les moyens de vous être utile, cependant M. Thompson me consacra beaucoup de temps et me fournit beaucoup de bonnes et profitables suggestions.

Pour montrer jusqu'à quel point les avantages offerts par ces divers musées ont servi au peuple, je dois dire que l'expérience d'éclairer les salles et de les ouvrir, le soir, au public a été faite dans la saison de 1857, afin d'offrir toute facilité aux classes ouvrières, car, comme M. Cole l'a bien observé dans l'une de ses lectures :—C'est beaucoup moins pour le riche, qui peut acheter des collections personnelles, ou avoir accès à celles de ses pairs, ou voyager pour visiter les collections étrangères, que des musées comme ceux-là devraient être établis par l'Etat, que pour les pauvres ouvriers, qui ne trouvent le temps que le soir, ou une partie du dimanche, et ne trouvent jamais d'argent, mais qui ont autant de curiosité et de soif d'apprendre que le plus riche et le plus noble du pays. Le musée est ouvert gratuitement chaque semaine pendant une moyenne de 21 heures durant le jour —le reste du temps on exige une légère rétribution pour empêcher la foule d'interrompre le travail des étudiants. Il est ouvert deux ou trois soirées par semaine, pendant six heures en tout. Néanmoins, en dix mois 110,000 personnes ont visité le musée pendant les six heures par semaine, et 85,000 seulement durant les 20 heures de jour. Les soirs de lundi surtout, le grand jour de gaîté chez les Anglais (quelques uns l'appelant St. Lundi), les musées sont, nous a-t-on dit, remplis d'ouvriers avec leurs familles. M. Cole a exprimé une opinion juste, il me semble, à ce sujet, c'est que le musée où il peut conduire sans dépense sa femme et ses enfants est pour l'ouvrier, un puissant antidote contre le *gin-palace*. Je ne puis moi-même m'empêcher de dire ici une chose qui trouverait peut-être mieux sa place ailleurs; n'importe: Je suis d'avis qu'il existe une grande quantité d'hommes qu'on peut instruire et peut-être améliorer, par la vue et l'ouïe, mais hommes cependant qui jamais ne cueilleront l'instruction dans les livres, fatigants pour eux. Bien des artisans ingénieux iraient loin pour étudier une nouvelle machine ou un nouvel outil, mais ne feraient point un pas pour en lire la description dans un livre ou un journal, ou s'embrouilleraient le cerveau s'ils essayaient de le faire. De même, combien d'agriculteurs intelligents ne connaissons-nous pas qui étudient aux foires et aux expositions les bonnes qualités des chevaux, bestiaux ou instruments aratoires, mais s'endorment sur les livres ou leur journal d'agronomie. Nous avons beau prêcher la diffusion de la science au moyen de la presse, il y a une classe très nombreuse et pas très sotte, qui apprendra plus tôt et mieux une foule de choses dans un musée que dans un livre ou une revue, comme nous savons que beaucoup d'élèves, des collèges, universités et d'ailleurs, reçoivent leur instruction de la bouche des professeurs plutôt que par l'étude des livres. Les connaissances que l'on recueille de la lecture de beaucoup de livres, avec beaucoup de peine, sont mises devant eux et ils les peuvent apprendre vite, aisément pourvu qu'ils veuillent voir et écouter. Les chiffres donnés ci-dessus et empruntés à la lecture de M. Cole sont les chiffres d'une date qui n'a pas été fournie avant la fin d'octobre 1857. Continués jusqu'en mai suivant, les chiffres ont été élevés a 212,623 visiteurs de jour et 227,214 de soir, les derniers étant, en conséquence, en proportion de 5 à 1 par heure. On voit par là, quelle énorme quantité d'individus ont ainsi reçu de l'instruction. Quant à leur conduite, le rapport des autorités n'a fait que corroborer ce qui se passe à Manchester: sur ces visiteurs, au nombre de plus d'un quart de million, on n'a pas eu à déplorer un seul cas de mauvaise conduite. En 1857, des lectures furent faites dans les salles de musée, sur le règne animal dont les échantillons se trouvaient là, et sur les beaux arts. La salle des cours contient 450 personnes ; en bien ! 350 places furent retenues pour les ouvriers et leurs familles, qui, en enregistrant leur nom, obtinrent des billets à 6d., pour le cours. Les autres billets se vendirent généralement 1s. chaque, ou 5s. pour le cours. Ainsi disposée, la salle fut toujours pleine et quelquefois encombrée à l'excès. De cette manière les ouvriers de la métropole exprimèrent leur désir et leur appréciation des avantages qui leur étaient offerts pour suppléer à leur éducation. Afin de développer les bienfaits du musée, une partie de ses échantillons est envoyée à tour de rôle aux écoles locales des arts pour y être exposée, et a été visitée pendant l'été de 1857, par 135,000 personnes dans les provinces.

Passant en Irlande, je remarquai que l'on avait beaucoup fait à Dublin, pour promouvoir de semblables établissements. La société royale de Dublin, depuis longtemps favorisée et patronnée par le gouvernement, a pris, non seulement l'art et l'industrie mécainque sous sa protection, mais encore l'agriculture, et reçu, dès 1800, une allocation annuelle de £15,000. Il existe, à Dublin, un musée de l'industrie irlandaise, fondé sous les auspices de Sir Robert Peel, en 1845, mais ce ne fut pas avant 1852 que les édifices arrivèrent à un état d'achèvement qui permît l'arrangement définitif des diverses collections. De fait, on ne peut dire que cette tâche soit encore même complète ; car de récentes additions n'ont pas été entièrement mises en place. Les règnes animal, végétal et minéral y sont tous réunis. Une école scientifique y est annexée, avec des cours de géologie, physique, chimie, chimie pratique, botanique, zoologie. Sir Robert Kane en est le directeur général, et le professeur Jukes (assistant directeur général de la Commission géologique anglaise, pour l'Irlande), le professeur de géologie. Les visiteurs sont en moyenne de 24,000 à 32,000 par année. La société royale de Dublin tient séparément son musée agricole et ses magnifiques jardins botaniques à Glasnevin. Elle reçoit, annuellement £6,000 pour ses travaux. Les grandes expositions agricoles du royaume ont lieu sous ses auspices. En 1856, le musée agricole a été visité par 24,000 personnes (le musée ayant été clos cinq mois, en 1857), et les jardins par 40,500 personnes durant l'année dernière. Certains jours, son entrée est gratuite, d'autres elle est à 6d., et d'autres à un prix plus élevé. Des lectures diverses sont aussi données, outre celles de l'école du musée, sur la chimie agricole, la météorologie, etc. Il s'y trouve encore un musée d'histoire naturelle qui fut visité par plus de 30,000 personnes, en 1856 et une bibliothèque de plus de 30,000 volumes. Le rapport ne dit pas combien de personnes la fréquentèrent. Outre les cours faits à Dublin, il se fait aussi, dans diverses autres villes, sous les auspices de la société, ce qu'on appelle des lectures provinciales, les localités elles-mêmes payant une portion du montant nécessaire pour s'assurer les services de lecteurs compétents. Les examens des personnes qui assistent à ces cours ont eu aussi des résultats satisfaisants et des prix ont été décernés. Le comité de la société a fait rapport que les cours avaient été suivis avec assiduité par des auditoires nombreux, et allant sans cesse en augmentant. Le comité, après une expérience de deux années, considère avec raison que ces examens sont de la plus haute importance, pour donner une valeur pratique aux lectures, et le public les a appréciés comme tels.

L'Ecosse est restée en arrière à ce sujet ; en partie, sans doute parceque ses universités et autres institutions scolaires ordinaires ont plus fait pour cette œuvre que celles des autres partiesde l'empire. Mais elle seforme aussi un musée et une école scientifique. Une chaire de technologie déjà été heureusement établie à l'université d'Edimbourg, avec un nombre considérable d'étudiants suivant la classe de M. le professeur Wilson. Quand je visitai la capitale de l'Ecosse, le professeur, qui est directeur du musée industriel écossais était absent. J'examinai cependant son laboratoire dans l'aile du collége des chirurgiens. J'appris que les cours de ce laboratoire avaient, dans le cours de l'année scolaire 1857-8, été suivis par vingt élèves, outre plusieurs aides. Là, j'obtins la permission de visiter les collections faites pour le musée. Ces collections sont entassées dans un ancien édifice près de l'université et une grande quantité est encore dans les caisses d'emballage. Un ouvrier intelligent, qui remplissait en apparence les fonctions de charpentier et de conservateur, enleva les couvercles et me montra les objets que l'on pouvait convenablement voir, en accompagnant son exposition le remarques, prouvant qu'il avait étudié la collection avec assez de soin. On se propose de relier le nouvel édifice bâti sur le site de l'ancien, à l'une des ailes de l'université dans laquelle la grande collection d'histoire naturelle a déjà été placée, de façon que ce musée sera rattaché à ceux que l'on doit fonder. Il y a d'excellentes écoles des arts aussi bien que des galeries de peinture, à Dublin et à Edimbourg, mais elles sont plus sous la surintendance directe du département central de Londres que les musées.

J'ai taché de vous présenter, de cette manière, ce que, autant que j'aie vue, on a fait pour l'instruction secondaire et supplémentaire, dans les capitales des trois royaumes britanniques. En commençant j'ai essayé d'indiquer comment la grande exposition a poussé les autorités et les principaux personnages à travailler à donner aux artisans de la Grande-Bretagne cette excellence de goût et d'éducation, pour laquelle, il n'avait été que trop évident que ces derniers étaient inférieurs à leurs voisins les Français. Puis sont venus l'exemple et le redoutable avertissement menaçant d'un terme la suprématie industrielle de la Bretagne, si elle ne s'efforçait de rendre ces ouvriers aussi aptes aux travaux qu'ils doivent exécuter, que leurs puissants rivaux. Depuis un demi-siecle la France avait donné à ses habitants l'essor dans l'éducation artistique. Nous avons déjà vu que, durant les dernières années du siècle dernier, on a fondé la grande institution des arts et métiers, laquelle, outre les vastes galeries artistiques, a tant fait, pour donner le premier rang sur tous ceux du monde, aux ouvriers parisiens, dans tous les ouvrages de goût et tous les articles où l'élégance du dessin est un élément important. M. Tresca, le sous-directeur, ayant conservé un bon souvenir des commissaires canadiens aux grandes expositions de Londres et Paris, m'exprima le plaisir qu'il avait de trouver l'occasion de seconder les institutions scientifiques ou publiques du Canada et me promit de m'aider à me procurer pour notre musée des échantillons de produits bruts français et articles fabriqués dans ce pays, et de me fournir les renseignements que je désirerais. Le premier, Descartes a conçu l'idée d'une institution avec des lectures pour les travailleurs. Son plan étant de construire de grandes salles, pour chaque branche de commerce et de les annexer à un musée dans lequel seraient placés des outils mécaniques nécessaires ou utiles ou des machines pour les arts que l'on apprendrait, et à chaque salle ou musée, il aurait assigné un professeur chargé d'expliquer aux artisans les procédés dont ils sont appelés à se servir. Plus d'un siècle s'écoula avant que ses idées reçussent quelque application. Une collection de machines, formée par l'académie des sciences, fut placée au Louvre, où elle existait depuis un siècle à l'époque de la Révolution française de 1789. En 1779, Vaucanson forma la première collection publique de machines et instruments pour l'instruction des ouvriers, et, en mourant, il laissa la collection au gouvernement, ce legs constituant le noyau du conservatoire. On choisit une place pour cette collection par ordre du gouvernement et un conservateur fut nommé; puis il fut ordonné que tous les inventeurs dont les œuvres seraient récompensées par le gouvernement seraient obligés d'en fournir des modèles au Conservatoire. C'est ainsi qu'il reçut, en 1783 et 1792 plus de 300 machines nouvelles. La révolution, loin de détruire, aida à bâtir ce musée du peuple. L'assemblée législative créa une commission sur les monuments, avec instruction de rassembler, pour l'usage du peuple, ceux des objets, pillés dans les collections royales, qui pouvaient aider au développement de la science, des arts et des manufactures. Cependant, comme cette commission ne faisait rien, ses devoirs furent transportés au conseil de l'instruction publique. Ce dernier, avec le concours de plusieurs savants distingués, s'acquitta de la tâche d'une façon satisfaisante et la Convention choisit, parmi les savants, un bureau pour prendre désormais soin de cette œuvre. Le 19 vendémiaire, an III, arriva un décret qui fit former à Paris, sous le titre de Conservatoire des arts et métiers, un dépôt public de machines, modèles, outils, dessins, descriptions et livres de tout genre, ayant trait aux arts et manufactures, dont la construction et l'usage devaient être expliqués par trois démonstrateurs attachés à l'établissement. A ce corps on adjoignit un dessinateur. Quatre années seulement après, les professeurs furent nommés et l'établissement organisée là où il existo maintenant, dans le vieux prieuré de St. Martin-sur-le-champ, confisqué aux moines, à l'époque de la révolution, et ainsi consacré pour l'avenir à un important objet séculier. L'année suivante, tous les modèles et machines appartenant à l'Etat, y furent amenés. En 1806, on fonda l'école des jeunes gens, en général fils d'ouvriers choisis dans les divers départements de la France. Bientôt l'institution devint florissante. On y enseignait l'arithmétique, les mathématiques élémentaires et appliquées, le nouveau système de poids et mesures, la statistique, la perspective, mécanique appliquée, hydrodynamie, le fonctionnement des machines, dessin linéaire, bosse, dessin des ornements, des machines, architecture, dessin pour étoffes et autres vêtements. A cette époque, l'école fournissait des sapeurs à l'armée, des employés au bureau des fortifications, des élèves à l'école d'artillerie, à St. Cyr, et un grand nombre des contre-maîtres des travaux publics, manufactures et ateliers. En 1819, trois autres chaires de rang plus élevé furent ajoutées au Conservatoire, celle de mécanique occupée d'abord par M. Charles Dupin ; de chimie, par Clément Désormes ; et d'industrie économique, par J. B. Say. Douze expositions de 1000 francs chaque furent ouvertes par le gouvernement afin d'aider les élèves indigents. En 1829 on ajouta une nouvelle chaire pour la science physique appliquée aux arts. Elle eut pour occupant M. Pouillet. En 1839, les chaires furent portées à 10. Cette école ou collége dont les chaires étaient occupées par des hommes fort éminents, fit beaucoup de bien, et le progrès de l'art industriel, en France, a été grandement secondé et développé par les connaissances qui furent ainsi repandues. Mais l'ancien système de musées, enseignant au moyen de démonstrateurs qui expliquaient les modèles et machines, tomba en désuétude. L'école et les leçons absorbèrent tous les soins et toutes les ressources de direction. L'empereur actuel des Français fit des efforts pour remédier à ce mal et rendre plus utiles les immenses collections de spécimens. En 1853, par un decret, il fit quelques réformes dans l'administration du Conservatoire des arts et métiers et y ajouta trois nouvelles chaires ; et, en 1854, une autre encore, celle de constructions civiles. Le nombre des cours de cette grande université est maintenant de quinze, qui sont :

Mécanique appliquée aux arts ;
Mathématiques appliquées ;
Chimic appliquée ;
Physique appliquée ;

Géométrie descriptive ;

Chimie industrielle ;

Agriculture ;

Chimie Agricole ; (*)

Arts céramiques ;

Filature et tissage ;

Teinture apprêt et impression des tissus ;

Zoologie appliquée à l'agriculture et à l'industrie ;

Constructions civiles ;

Administration et statistiques industrielles.

Dans ses mesures pour orner Paris de grands édifices publics, l'empereur n'a pr_ oublié le Conservatoire. Maçons et charpentiers travaillaient activement à en embellir les bâtiments, lors de mon séjour à Paris.

Ce sont là quelques-uns des moyens employés à l'enseignement dans le musée industriel le plus complet du monde ; et ce sont ces moyens qui ont contribué à donner aux ouvriers parisiens leur haute prééminence. Le Conservatoire et les nombreuses galeries des beaux-arts, accouplés sans doute, à un certain génie naturel et à une aptitude particulière du peuple, ont rendu partout l'ouvrier parisien proverbial en fait de beauté et d'élégance. Durant deux jours, j'ai consacré mes heures de loisir au milieu des immenses collections rassemblées là pour l'enseignement du peuple, afin d'apprendre combien on pouvait apprendre, en me demandant combien de mois ou plutôt d'années on pouvait y passer à l'étude des moyens et des systèmes qui ont servi au développement des arts industriels, et des merveilles que l'ingéniosité humaine, la science et l'industrie ont produites. Je n'ai point essayé de faire un état détaillé d'une collection : c'eut été oiseux et impossible. Ce que je sentis que je devais apprendre, c'était comment ces gouvernements du vieux monde avaient fait pour enseigner à leurs ouvriers les meilleures méthodes pour exécuter leurs travaux, pour rehausser le labeur manuel en leur donnant la science comme auxiliaire à leurs œuvres et leur en faire un compagnon de travail et un instrument.

Ce qu'il y avait à apprendre par l'examen de tout cela, n'était que ce que l'Angleterre avait appris de la France, en 1851, et le succès qui a accompagné les efforts des Anglais pour suivre l'exemple des Français ou se perfectionner. Cette leçon ne profita pas au gouvernement anglais seul ; et seul il ne se modela pas sur ses préceptes, car nous voyons, qu'avec cet esprit studieux d'action individuelle, indépendante qui caractérise la race, des particuliers entreprenants, croyant que le public prenait goût aux enseignements provenant des grands musées enfantés à

(*) Je ne vois pas qu'il soit fait mention de cette chaire dans le programme du cours de 1857-8.

Londres, se cotisèrent et bâtirent ce microcosme, le palais de Sydenham, le plus merveilleux édifice, et la plus merveilleuse collection des produits de l'industrie humaine qui furent jamais faits par des ressources privées, si même les gouvernements ont jamais rivalisé avec cette création. Dernièrement, un essai de leçons sur les objets renfermés dans cette collection, et les produits qui s'y rattachent, a eu lieu. Mais j'en ignore jusqu'à présent le résultat. La spéculation n'a pas été aussi heureuse qu'il était désirable pour les actionnaires, mais les bénéfices qu'en a retiré le public ont été immenses, et on dit qu'une nouvelle compagnie se propose de bâtir le pendant de ce palais sur la rive septentrionale de Londres. En passant de ces grandes cités, comptant l'une un million et l'autre deux millions et demi d'habitants, capitales d'état de trente et quarante millions d'âmes,—en passant, dis-je, à notre petite ville, métropole commerciale d'une province moindre en population que la plus grande ville au-delà de l'Atlantique, nous devons naturellement réduire à une échelle correspondante l'étendue de nos travaux et de nos efforts. Mais il ne faut pas abandonner l'espérance de faire à cet égard quelque chose d'utile pour nos frères colons ; et, en nous rappelant ce que les gens du nord, dans les petits royaumes de Scandinavie, ont fait sur les bords de l·Baltique, nous pouvons assurément faire aussi bien ici sur les bords du lac Ontario et du St. Laurent. Ils ont, avec succès, entrepris cette œuvre ; de même nous le pouvons. Nous avons organisé un système d'écoles communes primaires et un système d'écoles normales et nous avons des écoles supérieures, écoles de grammaire, collèges et académies qui rendent de bons services à la cause de l'instruction. Nous avons trois universités qui travaillent diligemment à donner une excellente éducation aux gens à l'aise et à ceux destinés aux professions ; il manque toutefois quelque chose pour compléter notre système d'établissemens scolaires. Il nous faut encore, sous la surveillance immédiate de cette chambre, une université industrielle, avec des collèges d'ouvriers affiliés dans chaque ville ou cité importante de la province. Il n'est personne assez pauvre pour priver son enfant de recevoir pendant deux, trois ou quatre ans les simples éléments de l'instruction. Mais, hélas ! au Canada, de même que dans les vieux pays, bien des gens pensent qu'il faut, et quelques-uns veulent que leurs filles et garçons quittent de bonne heure l'école, pour commencer à gagner une partie de leur vie sinon tout. L'un entre dans une banque, l'autre derrière un comptoir, celui-ci à l'atelier, celui-là à la fabrique. Le temps de l'instruction et de semer des connaissances se passe et on laisse les quelques graines éparses de connaissance germer à leur gré ou s'étioler même, sans poursuivre la culture ou les soins. ça et là, dans les grandes villes, un institut des artisans et une association pour une bibliothèque commerciale peut se former. Au moyen de ces organisations, des jeunes gens de cette classe peuvent avoir accès à des journaux, des revues, livres et lectures, et recueillir une foule de renseignements sans doute ; mais en quatre-vingt-dix-neuf cas sur cent, on peut affirmer que l'esprit ne reçoit pas une discipline et une éducation fermes et persistantes, et qu'il n'obtient pas la connaissance complète d'aucune branche de la science. Le pire de l'affaire c'est que, quoique les jeunes gens s'y procurent des divertissements excellents—bien meilleurs sans doute que ceux qu'ils trouveraient ailleurs au milieu peut-être d'une honteuse dissipation—cependant ils ne retirent que peu de notions productives, comme celles par exemple qui font d'un cordonnier un meilleur cordonnier, d'un forgeron un meilleur forgeron, du constructeur ou du charpentier, un artisan plus propre à exécuter les travaux qui lui sont confiés. Loin de moi la pensée de mal parler du délassement utile à l'ouvrier, ou de le blâmer de chercher ce délassement dans les livres, journaux et lectures, qui tous contribuent à faire de lui un citoyen plus intelligent.

" The bow that's always bent will never spring."

L'homme ne peut toujours travailler ou courber son esprit à l'étude des affaires, à moins de se briser le corps et l'esprit. Mais si un jeune homme a, le soir, deux ou trois heures à sa disposition, ne ferait-il pas bien d'en dépenser une dans un musée ou une salle de lecture, où il pourrait se perfectionner dans les branches de la science nécessaires pour faire de lui un ouvrier de premi   .asse ? Personne ne répo. dra non. Il devra être du devoir de la Chambre des arts et manufactures, avec ses institutions affiliées de pourvoir dans chaque ville importante, aux moyens de remplir les heures de loisir des jeunes gens non instruits. Ce n'est pas assez d'ouvrir des expositions annuelles, quoique ces expositions ne soient pas sans utilité, comme musées temporaires ; dans les cités qui offrent plus de ressources, il devrait y avoir une exposition permanente d'instruments, machines et produits, ouverte gratuitement, où le fermier et l'artisan pourraient, chaque jour de l'année, étudier, avec une bibliothèque d'œuvres classiques, des dessins et des modèles de machines à consulter. Et il est aussi nécessaire de stimuler les indifférents et les négligents, en prenant des mesures pour que ceux qui profitent de l'occasion qui leur est offerte, aient la faculté de manifester leur diligence et leurs progrès, et en reçoivent un témoignage qui ne manquera pas de favoriser matériellement leurs succès dans la vie.

Il est donc nécessaire, pour réaliser l'œuvre que s'est proposée la Chambre, d'activer l'instruction par trois agents : musées permanents aussi bien qu'expositions périodiques dans une ou plus des principales cités de la province ; lectures et classes avec examens sous les auspices des diverses institutions affiliées ; bibliothèques et publications utiles. Nous avons ici un musée, peu connu cependant, et encore moins consulté—une excellente collection de géologie économique formée par éminent directeur de l'exposition provinciale, Sir William Logan et ses aides. Ce musée mérite bien l'attention des constructeurs, des tailleurs de pierre, et de ceux qui désirent se livrer à l'exploitation des mines. Le statut, en vertu duquel cette Chambre a été formée, a donné l'autorisation d'en fonder d'autres et d'appliquer les autres objets que j'ai indiqués; par malheur, le parlement n'en a pas fourni les moyens. Mais les manufacturiers eux-mêmes peuvent et doivent faire beaucoup. En Angleterre, une grande quantité sinon une grande proportion des objets exposés sont des présents des grands établissements manufacturiers, qui sont heureux de faire ainsi connaître leurs ouvrages par les centaines de milles d'individus qui visitent les musées. Beaucoup de nos fabricants seraient charmés d'agir de même, je n'en doute pas, si, chez nous, comme là, leur nom était placé sur un écriteau descriptif, fixé aux articles exposés. Je ne doute pas non plus que, par les bons offices de quelques-uns des chefs de ces institutions, en Angleterre, aussi bien qu'en France, des échantillons des produits de ces pays, et semblables à ceux qui y sont exposés, ne puissent être obtenus à des conditions comparativement faciles—gratuitement dans quelques cas. J'ai déjà dit qu'à ce sujet, j'avais reçu des assurances satisfaisantes de M. Tresca, sous-directeur du Conservatoire des arts et métiers. Après avoir obtenu cette parole, je me suis adressé aux chefs du département de la science et des arts du comité d'instruction, des Lords anglais du Conseil pour savoir jusqu'à quel point ils se sentiraient disposés à me donner une pareille assurance, et à quelle condition ils pourraient nous procurer les dessins, moules, etc., nécessaires aussi bien à l'établissement de l'école de dessin pour les femmes, projetée par notre acte d'incorporation, que pour le trait éducationnel du principal musée. J'avais eu préalablement, à ce sujet, une entrevue avec le secrétaire du département, M. Cole, C. B., et eu raison d'espérer une réponse favorable. Malheureusement, ma première lettre s'égara et quand la seconde fut expédiée, il était malade, absent, et ne revint pas chez lui avant que je dusse quitter l'Angleterre. Je n'ai encore reçu aucune réponse. Sir Roderick Murchison et M. le professeur Ramsay, du musée de géologie économique, m'ont cordialement promis leur assistance et le premier a présenté à cette chambre, par mon intermédiaire, une série complète des publications de son département. Jugeant qu'il était à souhaiter que l'on se procurât pour la bibliothèque une série des publications du *British Great Seal Patent-Office*, livrées gratuitement aux bibliothèques de la Grande-Bretagne, je les demandai, par l'entremise, de M. Woodcraft, secrétaire de ce département, et j'ai reçu une réponse courtoise, qui m'encourage à espérer que droit sera fait à la requête, mais malheureusement, aussitôt après, les assemblées des commissaires cessèrent pour la saison et il me fut impossible de rapporter ces livres comme je désirais le faire. J'espère cependant qu'on pourra se les procurer par un des premiers vapeurs, au commencement du printemps. Mais, avant qu'on les puisse arranger convenablement, il nous faudra plus de place, car ils se montent en tout, à près de 1,000 volumes, et nous aurons besoin d'un logement plus convenable avant qu'un musée puisse être formé et placé sur un pied respectable. Il serait inutile de réunir des matériaux, pour les laisser enfouis, comme à Edimbourg, dans la poussière d'un hangar, exposé aux risques de s'endommager et de se détruire. Pendant ce temps, il nous reste les autres moyens d'éducation secondaire donnés ci-dessus, lesquels, même avec les ressources limitées à notre disposition, peuvent être employés avec avantage. On fait faire et publier des lectures, sur des branches importantes de la science économique appliquée ; l'établissement et l'encouragement dans les diverses parties du pays, de classes en rapport avec les institutions affiliées, peuvent être poursuivis et c'est vers ce but que la chambre doit, ce me semble, diriger maintenant ses efforts. Nous avons pour travailler un vaste champ. Cependant l'acte requerra peut-être quelques amendements pour vous permettre de procéder aussi loin qu'il est désirable. On devrait pouvoir exercer quelque contrôle, pour empêcher de prodiguer follement de l'argent à des Instituts d'artisans qui n'existent que de nom, ne rendent en réalité aucun service à l'œuvre de l'instruction supplémentaire et qui ne sont pas soutenus par le peuple au point d'ê bénéficiables. Une école primaire ne peut obtenir sa portion de l'octroi provincial, qu'en prélevant une taxe locale égale à cette part ou plus grande. De même, les sociétés agricoles sont forcées de prélever un montant proportionné aux prix locaux, et de déposer un certain montant au fonds agricole provincial. En outre, la surveillance des dépenses de chacune est exercée par un corps constitué à cet effet. Un pareil pouvoir de surintendance et de pareilles bornes aux octrois en proportion des sommes prélevées localement permettraient au gouvernement d'augmenter les octrois aux institutions d'artisans vraiment effectives et les mettrait à même, ainsi que cette Chambre d'accomplir d'une façon satisfaisante, l'œuvre qu'elles ont en vue. A mesure que le permettront les revenus du pays, nous pourrons attendre des lumières de nos législateurs, une allocation suffisante à assurer l'existence de notre bibliothèque et de notre musée. Depuis mon retour, le conseil de ville a pris l'initiative, en nommant un comité de conférence avec cette Chambre et la Chambre d'agriculture par rapport à l'érection des bâtiments nécessaires pour la commodité et le théâtre tout à la fois d'expositions périodiques. Ce mouvement conduira peut-être, avant qu'il soit longtemps, à obtenir un local approprié, tant comme habitation que comme destination. Pendant ce temps, si nos moyens nous le permettent, ne perdons pas de temps pour nous assurer un logement capable de recevoir le commencement d'un musée de l'industrie canadienne.

Il serait fort important au pays que le public fût généralement amené à comprendre que l'œuvre de l'instruction secondaire ou supplémentaire est très grave. Il faut un effort pour rendre l'ouvrier plus digne de son salaire ; et apprendre à l'artisan à gagner plus d'argent et à mieux servir l'Etat. Tout ce qui ajoute à l'intelligence et aux capacités des travailleurs des classes productives doit ajouter autant aux richesses du pays. La science donne vraiment le pouvoir et la richesse. Les intérêts manufacturiers du Canada prennent rapidement de grands développements. Sans doute, l'agriculture occupe le premier rang dans ce pays et a droit à la plus grande part de l'attention de nos législateurs, mais l'artisan vient après et il peut rivaliser avec ses compétiteurs étrangers, en proportion de sa connaissance des meilleures méthodes de fabrication. L'*habitant* qui, jadis, ne voulait pas apprendre l'usage des nouveaux instruments et machines, et labourait avec sa charrue de bois primitive, battait avec un fleau et vannait à la main, adopte insensiblement la charrue moderne et se sert pour battre et vanner de machines nouvelles qui remplissent le pays. Autrefois, il ne pouvait rivaliser avec son voisin plus intelligent et devenait de plus en plus pauvre. Maintenant il se trouve plus l'égal de son voisin et amasse des richesses. Ainsi, les industriels du Canada, s'ils veulent accorder une bonne attention à ce que les ouvriers reçoivent une instruction convenable dans les métiers qu'ils désirent leur voir suivre, s'apercevront bientôt de l'augmentation de leurs richesses et de celle du pays. Trop longtemps, la science et le travail manuel ont été en mésintelligence. Souvent, nous entendons des démagogues parler aux travailleurs de la dignité du travail. Mais seul il est dignifié ce travail auquel la science et l'intelligence ou un but élevé prêtent leur éclat. On ne dit pas que les travaux du cheval de charge, du bœuf ou de l'âne ont de la dignité, et on ne peut le dire non plus du travail de l'homme qui, jour par jour, comme le cheval de charge ou le bœuf s'acquitte routinièrement d'une somme de besogne donnée à laquelle il ne dépense aucune réflexion. Une machine n'a pas d'autres dignité que celle que lui communique l'intelligence de son auteur ; l'exécution mécanique du travail par l'homme n'en a pas plus : mais le travail le plus grossier acquiert de la dignité par l'intelligence de l'exécution. Donc, l'œuvre que nous avons à remplir, c'est d'ajouter cette dignité au travail des artisans canadiens, et, en le faisant, d'ajouter aux richesses de l'état.

Je soumets, messieurs, à votre soigneuse considération les renseignements que j'ai puisés çà et là avec les suggestions qui les accompagnent, afin que vous en fassiez usage suivant les circonstances et les conseils de votre sagesse.

Et j'ai l'honneur d'être, Messieurs,

Votre très obéissant serviteur.

Montréal, 24 Décembre 1858.   B. CHAMBERLIN.

LISTE EMPRUNTEE AU REGISTRE

DES MEMBRES DE LA

Chambre des Arts et Manufactures

DU BAS CANADA,

CORRIGEE JUSQU'AU 1er FEVRIER 1859.

EX OFFICIO.

George W. Weaver, President de l'institut des artisans de Montréal.

Hon. Luther H. Holton, President de la chambre de Commerce de Montréal.

Hon. P. J. O. Chauveau, LL.D., Surintendant de l'instruction du Bas-Canada.

James Gillespie, President de la chambre de Commerce de Québec.

J. W. Dawson, LL.D., F.G.S., Principal du Collége McGill.

H. A. Howe, M.A. Professeur du Collége McGill.

W. Sutherland, M.D.,   do   do

Charles Smallwood, M.D., LL.D., Professeur du Collége McGill.

M. J. Hamilton, C.E.,   do   do

Alexander Johnson, B.A.,   do   do

T. Sterry Hunt, S.D., Professeur de l'Université Laval.

H. H. Miles, M. A. Professeur de Bishops' College.

Rev. E. Hamel, Professeur de l'Université Laval.

Rev. O. Brunet   do.   do.

Rev. O. Audet, Professeur du Séminaire de Québec.

M. D. Dion,   do   do   do

Rev. L. L. Belleau   do   do   do

Rev. F. Desaulniers, S.D., A.M., Professeur du Collége de Nicolet.

M. T. Gouin, Professeur du Collége de Nicolet.

Rev. F. Pilote, Professeur, College Ste. Anne, Kamouraska.

Rev. T. Desaulniers, Professeur du Collége de St. Hyacinthe.

Rev. A. Dumesnils   do   do   do

Rev. F. Gigault,   do   do   do

Rev. M. L. Dagenais,   do   do   Ste. Thérèse.

Rev. E. Cleveland, M.A., Professeur du Collége St. François, Richmond.
Rev. G. Laporte, Professeur du Collége de l'Assomption.
Rev. J. Havequez, Professeur du Collége Ste. Marie, Montréal.
Rev. P. L. Carrez,   do   do   do   do
J. Boisvert, Professeur du Collége de Joliette.
L. Michaud,   do   do
Rev. F. F. Hermenegilde, Professeur de Notre-Dame de Lévi.
Rev. F. Bertram,   do   do   do.
J. Michaud, Professeur du Collége Rigaud.
Rev. C. Clément, Professeur du Collége Ste. Marie de Monnoir.
N. Gauthier,   do   do   do   do
Le Président de L'Institut des artisans de Lachute.
    "   do.   Chambly.
    "   do.   Sorel.
    "   do.   St. Hyacinthe.
    "   do.   Iberville.
    "   do.   Chatham, C. E.
    "   do.   St. Andrews.

DELEGUES.

INSTITUT DES ARTISANS DE MONTREAL.—M.M. David Brown, H. Munro, E. Murphy, W. Spier, J. Redpath, A.A. Stevenson, C. Garth, W. Rodden, N. B. Corse, A. Murray, W. N. Milln, H. Bulmer, A. Perry, B. Chamberlin, A. Ramsay, W. Parkyn, H. Lyman, A. Cantin, W. P. Bartley, et Dr. Bernard

    "   LACHUTE—M. Thomas Barron.
    "   CHAMBLY—M. Thomas Findlay.
    "   SOREL—M. William Crail.
    "   ST. HYACINTHE—M.M. Jean Bte. Gagnon, et Michel Durocher.
    "   St. CESAIRE—M. J. Fréchette.

CHAMBRE DE COMMERCE.
    "   MONTREAL—Hon. John Young.
    "   QUEBEC—M. Henry J. Noad.